Jules Verne

Die letzte Fahrt der »Chancellor«

Im Jahr 1869 liegt in Charleston ein Segelschiff zur Abfahrt bereit, es ist nach Liverpool bestimmt und hat Baumwolle geladen. Die Passagiere gehen an Bord, und das Schiff sticht in See. Zunächst verläuft die Reise ganz normal, doch bald stellt sich heraus, daß das Schiff einen rätselhaften Kurs einschlägt, und schließlich wird es klar, daß der Kapitän, der sich von Tag zu Tag merkwürdiger verhält, unter Wahnvorstellungen leidet. Nicht genug damit, bricht in der Ladung Feuer aus, und zu allem Überfluß gesteht einer der Passagiere, daß er einen gefährlichen Sprengstoff unter die Ladung geschmuggelt hat. Panik und Entsetzen greifen um sich, das Schiff gerät auf ein in den Karten nicht verzeichnetes Riff, des Feuers wird man Herr, aber nur, weil es durch das einströmende Wasser gelöscht wird. Die Boote werden vom Sturm zerschlagen, und es bleibt nur eins: Man baut ein Floß, dem sich die Schiffbrüchigen anvertrauen. Die wochenlange Leidenszeit, die nun beginnt, ist unbeschreiblich, Proviant und Wasser werden nicht nur knapp – beides geht aus. Unvorstellbares geschieht: Einige der Mannschaft bestehen darauf, zu losen, wer ...

JULES VERNE

Die letzte Fahrt der „Chancellor“

Mit Illustrationen von Hans-Eberhard Ernst
Herausgegeben im Verlag Neues Leben Berlin

Titel des französischen Originals:
»Le chancellor«

Nach einer alten Übersetzung bearbeitet
von Manfred Hoffmann

ISBN 3-355-00674-2

Lizenz Nr. 303 (305/89/88)
LSV 7723
Einband: Hans-Eberhard Ernst
Typografie: Achim Kollwitz
Schrift: 11 p Baskerville
Gesamtherstellung: (52) Nationales Druckhaus Berlin
Betrieb der VOB National
Bestell-Nr. 644 469 4
00680

ERSTES KAPITEL

Charleston, 27. September 1869

Um drei Uhr nachmittags verlassen wir den Batteriekai. Rasch führt uns die Ebbe aus dem Hafen heraus. Kapitän Huntly hat alle Segel setzen lassen, und der Nordwind treibt die »Chancellor« durch die Bai von Charleston. Bald ist Fort Sumter umschifft und liegen uns die Batterien, die den Hafen schützen, zur Linken. Um vier Uhr passiert unser Schiff die enge Einfahrt, durch die bei sinkendem Wasser eine schnelle Strömung flutet. Von hier aus ist das offene Meer freilich noch weit entfernt und nur durch schmale gefährliche Wasserstraßen zwischen ausgedehnten Sandbänken zu erreichen. Kapitän Huntly biegt in das Fahrwasser nach Südwesten ein und hält auf den Leuchtturm an der linken Spitze von Fort Sumter zu. Die Segel werden so dicht wie möglich gegen den Wind gestellt, und um sieben Uhr abends bleibt der letzte Ausläufer der Sandbänke hinter unserm Fahrzeug zurück, das nun in den Atlantischen Ozean hinaussteuert.

Die »Chancellor«, ein schöner Dreimaster von neunhundert Tonnen, gehört dem reichen Haus der Gebrüder Leard in Liverpool. Das Schiff ist zwei Jahre alt, mit Kupfer bekleidet und aus Teakholz gebaut. Das solide und schöne Schiff, im Büro Veritas unter A. I. klassifiziert, macht eben seine dritte Reise zwischen Charleston und Liverpool. Bei der Abfahrt aus Charleston hat es die englische Flagge gehißt; ein Seemann hätte aber auch ohne das seinen Ursprung auf den ersten Blick erkannt: Es ist in der Tat das, wofür es sich ausgibt, das heißt englisch von der Wasserlinie bis zu den Mastspitzen.

An Bord der »Chancellor«, die jetzt nach England zurücksegelt, habe ich mich aus folgenden Gründen eingeschifft:

Zwischen Südkarolina und dem Vereinigten Königreich besteht keine direkte Dampferverbindung. Um eine transatlantische Linie zu erreichen, müßte man entweder nach Norden bis New York oder nach Süden hinunter, bis New Orleans. Zwischen New York und der Alten Welt unterhalten verschiedene englische, deutsche und französische Gesellschaften eine häufige und sichere Verbindung, und von dort aus hätten mich die »Scotia«, die »Holsatia« oder die »Pereire« (bekannte Schiffe jener

Linien) schnell genug meinem Bestimmungsort zugeführt. Zwischen New Orleans und Europa verkehren die Dampfer der National Steam Navigation Co., die sich an die französische Linie nach Colon und Aspinwall anschließen. Als ich aber auf den Kais in Charleston entlanggegangen bin, habe ich die »Chancellor« gesehen. Das Schiff hat mir gefallen, und ich weiß nicht, welcher Instinkt mich an Bord dieses Schiffes getrieben hat. Es ist übrigens recht bequem eingerichtet, und bei günstigem Wind und Meer – wobei es fast die Schnelligkeit der Dampfer erreicht – ziehe ich es vor, mit einem Segelschiff zu reisen. Zu Anfang des Herbstes ist in diesen niedrigen Breiten die Witterung noch sehr schön. Ich habe mich also für die Überfahrt auf der »Chancellor« entschieden.

Habe ich daran wohlgetan? Werde ich es vielleicht bereuen? Die Zukunft wird es zeigen. Ich will meine Beobachtungen tagtäglich notieren, und jetzt, da ich schreibe, weiß ich selbst noch nicht mehr als die Leser dieses Tagebuchs, falls es jemals Leser finden sollte.

ZWEITES KAPITEL

28. September

Ich habe schon erwähnt, daß der Kapitän der »Chancellor« Huntly heißt, mit Vornamen John Silas. Er ist ein Schotte aus Dundee, etwa fünfzig Jahre alt und macht den Eindruck eines erfahrenen Ozeanschiffers. Bei nur mittlerer Körpergröße sind seine Schultern nicht breit, sein Kopf, den er aus Gewohnheit stets nach links neigt, etwas klein. Ohne Physiognomiker ersten Ranges zu sein, glaube ich schon, obwohl ich Kapitän Huntly erst seit wenigen Stunden kenne, ein Urteil über ihn abgeben zu dürfen.

Daß Silas Huntly das Aussehen eines guten Seemanns hat und in seinem Fach wohlunterrichtet ist, dem widerspreche ich nicht; daß in diesem Mann aber ein fester Charakter steckt, der unbeugsam jeder Prüfung entgegentritt – nein, das ist ausgeschlossen.

In der Tat ist die Haltung des Kapitäns etwas schwerfällig, er wirkt ziemlich abgespannt. Er ist nachlässig, das sieht man an seinem unsicheren Blick, den passiven Bewegungen der Arme und seinem Schwanken, bei dem er von einem Bein auf das andere fällt. Dieser Mann ist nicht energisch, kann es nicht sein, nicht einmal starrköpfig, denn seine Augen haben kein Feuer, sein Kinn ist fein und weich, und seine Hände scheinen sich nicht ballen zu können, außerdem fällt mir an ihm noch etwas Eigentümliches auf, das ich mir nicht zu erklären vermag, doch werde ich ihm auch weiterhin die Aufmerksamkeit schenken, die der Befehlshaber eines Schiffes verdient, auf dem er sich »nach Gott den nächsten« nennt.

Wenn ich nicht irre, befindet sich aber zwischen Gott und Silas Huntly noch ein anderer an Bord, der gegebenenfalls eine hervorragende Stelle einzunehmen bestimmt scheint, das ist der Erste Offizier der »Chancellor«, den ich noch nicht genügend studiert habe und von dem zu sprechen ich mir für später vorbehalte.

Die Besatzung der »Chancellor« besteht aus Kapitän Huntly, dem Ersten Offizier Robert Kurtis, dem Leutnant Walter, einem Hochbootsmann und vierzehn Matrosen, lauter Engländer oder Schotten, zusammen also achtzehn Seeleute, eine Anzahl, die zur Führung eines Dreimasters von neunhundert Tonnen Gehalt völlig hinreichend ist. Die Männer scheinen ihren Beruf alle gut zu verstehen. Was ich bis jetzt davon gesehen habe, beschränkt sich freilich darauf, daß sie unter dem Kommando des Ersten Offiziers in dem engen Fahrwasser vor Charleston sehr geschickt manövriert haben.

Ich vervollständige das Verzeichnis der auf der »Chancellor« eingeschifften Personen, indem ich den Steward Hobbart und den Koch Jynxtrop erwähne und außerdem eine Liste der Passagiere hinzufüge.

Zähle ich mich mit, dann sind acht Passagiere an Bord. Noch kenne ich sie kaum, doch werden die Eintönigkeit einer längeren Überfahrt, die kleinen Vorkommnisse jedes Tages, die unumgängliche Berührung mehrerer auf so engem Raum zusammen wohnender Leute, das natürliche Bedürfnis, seine Gedanken auszutauschen, und die dem Menschen angeborene Neugier uns sehr bald näherbringen. Bis jetzt haben uns noch der Wirrwarr beim Einschiffen, die Besitznahme der Kabinen, die Einrichtungen, die eine Reise von drei bis vier Wochen nötig macht, und verschiedenerlei andere Geschäfte voneinander ferngehalten. Gestern und heute sind nicht einmal alle bei Tisch erschienen, vielleicht leiden einige an der Seekrankheit. Noch habe ich sie nicht alle gesehen, weiß allerdings, daß sich unter den Passagieren zwei Damen befinden, die in der hintersten Kabine wohnen, deren Fenster im Spiegel des Fahrzeugs angebracht sind.

Hier folgt eine Liste, wie ich sie der Schiffsrolle entnehme:

Mr. und Mrs. Kear. Amerikaner aus Buffalo;

Miß Herbey, Engländerin, Gesellschaftsdame bei Mrs. Kear;

Mr. Letourneur und sein Sohn André, Franzosen aus Le Havre;

William Falsten, Ingenieur aus Manchester;

John Ruby, Kaufmann aus Cardiff, beide Engländer,

und schließlich J. R. Kazallon aus London, der Verfasser dieser Zeilen.

DRITTES KAPITEL

29. September

Das Konnossement des Kapitäns Huntly, das heißt die Akte, in der die von der »Chancellor« zu befördernden Waren aufgeführt und die Frachtbedingungen festgehalten sind, lautet wörtlich folgendermaßen:

»Herren Bronsfield u. Co., Kommissionäre, Charleston.

Ich, John Silas Huntly aus Dundee (Schottland), Kommandant des Schiffes ›Chancellor‹, 900 Tonnen Last, gegenwärtig in Charleston, um mit dem ersten günstigen Wind auf kürzestem Weg und unter dem Schutz Gottes abzufahren und bis vor die Stadt Liverpool zu segeln, bekenne hiermit, von den Herren Bronsfield u. Co., Handelskommissionären in Charleston, unter das sonst leere Oberdeck des erwähnten Schiffes 1700 Ballen Baumwolle im Wert von 26 000 Pfund Sterling, alles in gutem Zustand, markiert und numeriert laut Buch, angeliefert erhalten zu haben, welche Waren ich, abgesehen von den Gefahren und Zufällen des Meeres, in bestem Zustand in Liverpool an die Herren Gebr. Leard oder deren Order abliefern und mich für meine Frachtspesen mit 2000 Pfund Sterling, nicht mehr, laut Charterbrief bezahlt machen werde; Havarieschäden nach Seegebrauch und Herkommen. Zur Bekräftigung dessen habe ich verpflichtet und verpflichte hiermit meine Person, mein Vermögen und das genannte Fahrzeug mit allem Zubehör.

Zu dem Zweck habe ich drei gleichlautende Konnossemente unterzeichnet und sollen nach Erledigung eines derselben die anderen null und nichtig sein.

Geschehen zu Charleston, am 24. Sept. 1869.

J. S. Huntly«

Die »Chancellor« führt also siebzehnhundert Ballen Baumwolle nach Liverpool. Absender: Bronsfield & Co. in Charleston. Empfänger: Gebrüder Leard in Liverpool.

Da das Schiff eigens zum Baumwolltransport eingerichtet ist, hat die Ladung aufs beste verstaut werden können. Bis auf einen kleinen, für das Passagiergepäck frei gelassenen Teil nehmen jene Ballen den gesamten Schiffsraum ein und bilden, da sie mit Hilfe von Winden sehr fest verschnürt sind, eine äußerst kompakte Masse. Kein Eckchen des unteren Raums ist auf diese Weise unbenutzt geblieben, ein günstiger Umstand für ein Handelsschiff, das mit seinen Fahrten ja schließlich größtmöglichen Gewinn erbringen soll.

VIERTES KAPITEL

30. September bis 6. Oktober

Die »Chancellor« ist ein schneller Segler, der viele Schiffe von gleicher Größe überholen würde, und seitdem die Brise aufgefrischt hat, läßt er einen langen, unübersehbaren Streifen wirbelnden Kielwassers hinter sich, so daß man ein weißes Spitzengewebe, das auf dem Meer wie auf blauem Untergrund hingebreitet liegt, zu sehen vermeint.

Der Ozean ist vom Wind nur wenig bewegt. Soviel ich weiß, wird niemand an Bord von dem Schwanken und Stampfen des Schiffes besonders belästigt. Übrigens ist das für keinen der Passagiere die erste Überfahrt, es sind also alle mehr oder weniger mit dem Meer vertraut. Zu den Mahlzeiten bleibt jetzt kein Platz am Tisch frei.

Zwischen den Passagieren knüpfen sich allmählich Verbindungen an, und das Leben an Bord gestaltet sich weniger einförmig. Der Franzose, Mr. Letourneur, und ich, wir plaudern häufiger miteinander.

Mr. Letourneur ist ein Mann von fünfzig Jahren, hohem Wuchs, mit weißem Haar und ergrauendem Bart. Er scheint noch älter, als er wirklich ist – eine Folge langjährigen Kummers, der an ihm genagt hat und ihn auch heute noch verzehrt. Offenbar lastet auf ihm etwas sehr schwer, was man an seinem abgezehrten Körper und dem häufig auf die Brust niedersinkenden Kopf erkennt.

Nie lacht er, nur selten lächelt er, und dann nur seinem Sohn gegenüber. Seine Augen sind sanft, blicken aber stets nur wie durch einen feuchten Schleier. Sein Gesicht verrät eine charakteristische Mischung von Kummer und Liebe, und seine ganze Erscheinung atmet wohlwollende Güte.

Der Gedanke liegt nahe, daß Mr. Letourneur über irgendein unverschuldetes Unglück trauert.

Und so ist es wirklich; wer sollte kein schmerzliches Mitgefühl empfinden, wenn er die in der Tat übertriebenen Vorwürfe hört, die er sich als Vater selbst macht!

Mr. Letourneur ist nämlich mit seinem etwa zwanzigjährigen Sohn André, einem sanften, einnehmenden jungen Mann, an Bord. Dieser hat zwar im Gesicht einige Ähnlichkeit mit seinem Vater, aber – und das ist eben die Ursache für den Schmerz des Vaters – André ist gebrechlich. Er hinkt links, und zwar so sehr, daß er ohne Stock, auf den er sich stützt, gar nicht gehen kann.

Der Vater betet seinen Sohn an, und man sieht, daß er nur für ihn lebt. Er leidet durch das angeborene Gebrechen des Sohns weit mehr als dieser selbst. Seine Hingabe äußert sich jeden Augenblick von neuem. Er verläßt ihn nicht, versucht dessen geheimste Wünsche zu erraten, achtet auf alles, was jener tut. Seine Arme gehören mehr dem Sohn als ihm selbst, sie halten und stützen ihn, wenn der junge Mann auf dem Deck der »Chancellor« spazierengeht.

Mr. Letourneur hat sich mir enger angeschlossen, und er redet unausgesetzt von seinem Sohn.

Heute habe ich zu Mr. Letourneur gesagt:

»Eben komme ich von Mister André. Sie haben einen guten Sohn, Mister Letourneur, er ist ein begabter und unterrichteter junger Mann.«

»Jawohl, Mister Kazallon«, antwortet Mr. Letourneur, dessen Lippen ein schwaches Lächeln versuchen, »eine schöne Seele in einem elenden Körper, die Seele seiner armen Mutter, die starb, als sie ihm das Leben gab.«

»Er liebt Sie sehr.«

»Er ist ein guter Sohn«, flüstert Mr. Letourneur und senkt den Kopf. »Oh«, fährt er dann fort, »Sie können es nicht mitfühlen, was ein Vater leidet beim Anblick seines gebrechlichen, von Geburt an gebrechlichen Sohns!«

»Mister Letourneur«, erwidere ich, »bei dem Unglück, das Ihren Sohn betroffen hat, teilen Sie die Last nicht ganz gerecht. Ohne Zweifel ist André sehr zu beklagen, aber ist es denn gar nichts, daß Sie ihn so lieben? Eine Körperschwäche erträgt sich leichter als ein Seelenleiden, und das letztere trifft Sie doch ganz allein. Ich habe Ihren Sohn sehr aufmerksam beobachtet, und wenn ihm irgend etwas nahegeht, dann, glaube ich behaupten zu dürfen, ist das nur Ihr persönlicher Kummer.«

»Den ich ihm gegenüber stets verberge!« fällt mir Mr. Letourneur schnell ins Wort. »Ich habe nur einen Lebenszweck, den, für seine Zerstreuung zu sorgen. Trotz seiner Schwäche erkannte ich an ihm eine leidenschaftliche Reiselust. Sein Geist hat Füße, nein hat wirklich Flügel, und schon seit mehreren Jahren reisen wir zusammen. Erst besuchten wir Europa, und eben jetzt kehren wir von einer Tour durch die Vereinigten Staaten zurück. Die Erziehung Andrés habe ich, da ich ihn keiner öffentlichen Schule anvertrauen wollte, selbst geleitet, und jetzt vollende ich sie durch Reisen. André besitzt eine lebendige Auffassung und glühende Phantasie. Er ist empfindsam, und manchmal bilde ich mir ein, daß er vergessen kann, wenn ich seine Begeisterung für die großartigen Naturschauspiele sehe.«

»Ja, mein Herr, gewiß«, sage ich.

»Aber wenn er auch vergäße«, nimmt Mr. Letourneur wieder das Wort und begleitet es mit einem bekräftigenden Händedruck, »so vergesse ich nicht und werde nie vergessen können. Glauben Sie mir, mein Herr, daß mein Sohn seiner Mutter und mir jemals vergeben kann, ihm ein so elendes Leben geschenkt zu haben?«

Der Schmerz dieses Vaters, der sich wegen eines Unglücks anklagt, für das kein Mensch verantwortlich zu machen ist, zerreißt mir das Herz. Ich will ihn trösten, doch in diesem Augenblick erscheint sein Sohn. Mr. Letourneur läuft auf ihn zu und hilft ihm die etwas steile Treppe zum Oberdeck hinauf.

Dort setzt sich André Letourneur auf eine der Bänke, die unter einigen Hühnerkäfigen angebracht sind, und sein Vater nimmt neben ihm Platz. Beide plaudern, und ich mische mich in ihre Unterhaltung. Sie betrifft die Fahrt der »Chancellor«, die Aussichten der Überfahrt an Bord. Mr. Letourneur hat ebenso wie ich von Kapitän Huntly keinen sehr guten Eindruck. Die Unentschiedenheit dieses Mannes, seine etwas schläfrige Erscheinung hat Mr. Letourneur unangenehm berührt. Dagegen fällt er ein sehr günstiges Urteil über den Ersten Offizier, Robert Kurtis, einen wohlgebauten kräftigen Mann von dreißig Jahren, der immer in Tätigkeit ist und dessen lebhafte Willenskraft sich fortwährend in Handlungen auszusprechen sucht.

Robert Kurtis betritt eben das Deck. Ich fasse ihn schärfer ins Auge und erstaune, daß er mir vorher noch nicht mehr aufgefallen ist. Da steht er in straffer und doch ungezwungener Haltung, mit stolzem Blick und wenig gerunzelten Augenbrauen. Ja, das ist ein energischer Mann, der wohl den kalten Mut besitzen mag, der den wahren Seemann auszeichnen muß. Gleichzeitig ist ihm ein gutes Herz eigen, denn er interessiert sich für den jungen Letourneur und sucht ihm bei jeder Gelegenheit behilflich zu sein.

Nachdem er den Himmel beobachtet und einen Blick auf das Segelwerk geworfen hat, nähert sich uns der Erste Offizier und nimmt an der Unterhaltung teil.

Ich sehe, daß der junge Letourneur gern mit ihm spricht. Robert Kurtis teilt uns einiges über die weiteren Passagiere mit, die uns noch recht fremd sind.

Mr. und Mrs. Kear sind beide Amerikaner aus dem Norden, die ihre Reichtümer dem Petroleum verdanken. Dieser Mr. Kear, ein Mann von etwa fünfzig Jahren, dem man den Emporkömmling ansieht, ist ein trauriger Tischgenosse, der nichts als sein persönliches Vergnügen im Auge hat. Fortwährend klappert das Metall in seinen Taschen, in denen die Hände unausgesetzt herumwühlen. Stolz, aufgeblasen, ein Anbeter seiner selbst und Verächter aller andern, trägt er eine affektierte Teilnahmslosigkeit für alles, was ihn nicht direkt angeht, zur Schau. Er brüstet sich wie ein Pfau, »er riecht sich, er schmeckt sich und kostet sich«, um mit den Worten des berühmten Physiognomikers Gratiolet zu reden. Er ist ein Dummkopf und ein Egoist dazu. Ich begreife nicht, warum er an Bord der »Chancellor« gegangen ist, da ihm das einfache Kauffahrteischiff den Komfort der transatlantischen Dampfer ja doch nicht zu bieten hat.

Mrs. Kear ist eine nichtssagende, nachlässig auftretende Frau, der man die vierzig Jahre an den Schläfen schon ansieht, geistlos, unbelesen und ohne Unterhaltungsgabe. Sie schaut wohl hinaus, aber sieht nichts, sie hört wohl, aber versteht nichts. Ob sie zu denken vermag? Ich möchte es fast verneinen.

Die einzige Beschäftigung dieser Frau besteht darin, sich jeden Augenblick von ihrer Gesellschaftsdame, der Miß Herbey, einer zwanzigjährigen Engländerin von sanftem und einnehmendem Wesen, bedienen zu lassen, einem jungen Mädchen, das die wenigen Pfunde, die ihr der Ölbaron zuwirft, wohl nicht ohne Kränkung annimmt.

Diese Dame ist sehr hübsch: eine Blondine mit tiefblauen Augen, zeigt sie nicht jenes nichtssagende Gesicht, dem man bei so vielen Engländerinnen begegnet. Gewiß wäre ihr Mund reizend, wenn sie einmal Zeit oder Gelegenheit hätte zu lächeln. Worüber hätte dieses arme Mädchen aber lächeln sollen, da sie jeden Augenblick den sinnlosen Nörgeleien und lächerlichen Launen ihrer Herrin ausgesetzt ist? Doch wenn Miß Herbey im Innern gewiß tief leidet, so verbirgt sie das und scheint in ihr Schicksal ergeben.

William Falsten, ein Ingenieur aus Manchester, vertritt den vollkommenen englischen Typus. Er leitet ein großes Wasserwerk in Südkarolina und geht jetzt nach Europa, um neue, vervollkommnetere Maschinen kennenzulernen, unter anderem die Zentrifugen der Firma Cail. Er ist ein Mann von fünfundvierzig Jahren, und in ihm steckt etwas von einem

Gelehrten, der freilich nur an seine Maschinen denkt, den Mechanik und Rechnungen von Kopf bis Fuß erfüllen und der darüber hinaus für nichts mehr Sinn hat. Wen er in seine Unterhaltung verwickelt, der kommt unmöglich wieder davon los.

Mr. Ruby endlich repräsentiert den gewöhnlichen Kaufmann ohne Erhabenheit und Originalität. Seit zwanzig Jahren hat dieser Mann nichts getan, als zu kaufen und zu verkaufen, und da er im allgemeinen teurer verkauft, als er eingekauft hat, so hat er sich ein Vermögen erworben. Was er damit anfangen soll, weiß er selbst noch nicht. Dieser Ruby, dessen ganze Existenz in seinem Kramhandel aufgegangen ist, denkt nicht und reflektiert nicht. Sein Gehirn ist für jeden Eindruck – außer seinem Handel natürlich – unzugänglich, und er rechtfertigt in keiner Weise das Wort Pascals: »Der Mensch ist offenbar zum Denken erschaffen, nur das macht seine Würde aus und bildet sein Verdienst.«

FÜNFTES KAPITEL

7. Oktober

Wir haben Charleston vor zehn Tagen verlassen und, wie mir scheint, gute Fahrt gemacht. Ich plaudere häufig mit dem Ersten Offizier, und zwischen uns hat sich eine gewisse Vertrautheit eingestellt.

Heute meldet mir Robert Kurtis, daß wir uns nicht mehr weit von den Bermudas, das heißt gegenüber Kap Hatteras, befinden. Die Beobachtung hat 32° 20′ nördlicher Breite und 64° 50′ westlicher Länge von Greenwich ergeben.

Wir werden die Bermudas, und speziell die Insel St. George, noch vor Nacht in Sicht bekommen, hat mir der Erste Offizier gesagt.

»Wie«, habe ich ihm geantwortet, »wir steuern auf die Bermudas zu? Ich war der Meinung, daß ein von Charleston nach Liverpool segelndes Schiff nach Norden halten und dem Golfstrom folgen müsse.«

»Gewiß, Mister Kazallon«, antwortet Robert Kurtis, »gewöhnlich schlägt man diese Richtung ein, es scheint aber, als habe der Kapitän für dieses Mal die Absicht, davon abzuweichen.«

»Warum?«

»Das weiß ich nicht, er hat jedoch befohlen, nach Osten zu steuern, also geht die ›Chancellor‹ nach Osten!«

»Haben Sie nicht bemerkt, daß ...«

»Ich habe bemerkt, daß das nicht der übliche Weg sei, und er hat mir geantwortet, daß er schon wisse, was er zu tun habe.«

Bei diesen Worten zieht Robert Kurtis mehrmals die Augenbrauen zusammen, streicht mit der Hand über die Stirn; er hat offensichtlich nicht alles ausgesprochen, was er hat sagen wollen.

»Inzwischen, Mister Kurtis«, sage ich, »haben wir schon den 7. Oktober, und das scheint mir keine geeignete Zeit, neue Schiffswege versuchsweise zu befahren. Wenn wir noch vor Eintritt der schlechten Jahreszeit in Europa anlangen wollen, haben wir keinen Tag zu verlieren.«

»Nein, Mister Kazallon, nicht einen Tag!«

»Halten Sie mich für indiskret, Mister Kurtis, wenn ich die Frage an Sie richte, was Sie von Kapitän Huntly halten?«

»Ich denke«, antwortet der Erste Offizier, »ich denke, daß ... er mein Kapitän ist!«

Diese ausweichende Antwort beruhigt mich nicht.

Robert Kurtis hat sich nicht getäuscht. Gegen drei Uhr meldet der auslugende Matrose: »Land in Sicht im Nordosten!« Noch ist es freilich nur wie eine Dunstschicht sichtbar.

Um sechs Uhr begebe ich mich mit den beiden Herren Letourneur auf das Deck, und wir betrachten die im allgemeinen sehr flachen Bermudas, die von einer Kette gefährlicher Riffe umschlossen werden.

»Da liegt also der reizende Archipel«, beginnt André Letourneur, »die pittoreske Gruppe, die Ihr heimatlicher Dichter, Thomas Moore, in seinen Oden gepriesen hat! Schon im Jahre 1643 lieferte der verbannte Walter eine enthusiastische Beschreibung, und wenn ich nicht irre, wollten englische Damen eine Zeitlang keine andern Hüte tragen als solche, die aus gewissen Blättern einer bermudischen Palme geflochten waren.«

»Sie haben recht, lieber André«, antworte ich, »die Bermudas waren im siebzehnten Jahrhundert sehr in Mode; jetzt sind sie indessen ganz in Vergessenheit geraten.«

»Übrigens, Herr André«, sagt da Robert Kurtis, »die Dichter, die mit Enthusiasmus von diesem Archipel sprechen, stimmen mit den Seeleuten keineswegs überein; denn das Land, dessen Anblick so verführerisch scheint, ist zu Schiff sehr schwierig zu erreichen, und der Klippengürtel, der sich halbkreisförmig um das Archipel zieht, wird von den Seefahrern mit Recht gefürchtet. Und mit der ewigen Heiterkeit des Himmels, die von den Bewohnern der Bermudas so gern hervorgehoben wird, ist es auch nicht weit her, oft genug rasen recht heftige Stürme über die Inseln hinweg. Es sind jene Ausläufer der Wirbelstürme, die auf den Antillen soviel Unheil anrichten, ja, und ebenjene Ausläufer sind, ebenso wie der Schweif des Wals, am meisten zu fürchten. Ich für mein Teil möchte Seefahrern auf dem Atlantischen Ozean nicht raten, den Berichten eines Walter oder Thomas Moore zuviel Glauben beizumessen.«

»Herr Kurtis«, sagt da lächelnd André Letourneur, »Sie mögen wohl recht haben. Die Dichter gleichen häufig den Sprichwörtern, das eine widerspricht immer dem andern. Haben Thomas Moore und Walter diesen Archipel als einen wundervollen Aufenthalt gepriesen, so hat dagegen der größte Ihrer Dichter, Shakespeare, der ihn ohne Zweifel besser kannte, die schrecklichsten Szenen seines ›Sturms‹ dorthin verlegen zu sollen geglaubt.«

In der Tat ist die Umgebung der Bermudas eine sehr gefährliche Gegend. Die Engländer, denen die Inselgruppe seit deren Entdeckung gehört, benutzen sie nur als einen zwischen den Antillen und Neuschottland eingeschobenen Militärposten.

Übrigens scheinen die Bermudas, und zwar in großem Maßstab, zu wachsen. Mit der Zeit – dem Prinzip, dem die größten Schöpfungen der Natur ihre Entstehung verdanken – dürfte dieser Archipel, der jetzt schon über hundertfünfzig Inseln zählt, deren eine noch weit größere Zahl aufweisen, denn unablässig sind die Sternkorallen tätig, neue Inseln aufzubauen, die sich nach und nach untereinander verbinden.

Weder die drei andern Passagiere noch Mrs. Kear haben sich die Mühe gemacht, das Deck zu besteigen, um den merkwürdigen Archipel zu betrachten. Miß Herbey ist gerade auf dem Oberdeck erschienen, da hat sich schon wieder die näselnde Stimme der Mrs. Kear vernehmen lassen, und das junge Mädchen hat sofort neben ihrer launischen Herrin Platz nehmen müssen.

SECHSTES KAPITEL

8. bis 13. Oktober

Der Wind weht mit einer gewissen Heftigkeit aus Nordosten, und die »Chancellor« hat mit gerefften Marssegeln und den Focksegeln beidrehen müssen.

Die See geht hoch, und das Schiff arbeitet schwer. Die Zwischenwände der Kabinen seufzen mit einem nervenzermürbenden Geräusch. Die Passagiere halten sich überwiegend unter Deck auf.

Ich allein ziehe es vor, auf Deck zu bleiben. Aus der frischen Brise sind inzwischen scharfe Windstöße geworden. Die Bramstengen sind herabgelassen. Die Windgeschwindigkeit beträgt jetzt in der Stunde fünfzig bis sechzig Meilen, also etwa dreißig Meter in der Sekunde. Seit zwei Tagen fahren wir so dicht wie möglich am Wind. Trotz der guten Eigenschaften der »Chancellor« weicht das Schiff merklich vom Kurs ab, und wir treiben mehr nach Süden. Der durch Wolken verdunkelte Himmel gestattet keine Aufnahme der Sonnenhöhe, und da man demnach die Position des Schiffes nicht zu bestimmen vermag, muß man sich mit einer Schätzung begnügen.

Meinen Reisegefährten, gegen die sich der Erste Offizier nicht ausgesprochen hat, ist es völlig unbekannt, daß wir einen ganz unerklärlichen Weg verfolgen. England liegt im Nordosten, und wir segeln nach Südosten!

Robert Kurtis weiß sich die Hartnäckigkeit des Kapitäns nicht zu deuten, der doch mindestens versuchen sollte, nordwestlich zu steuern, um günstige Strömungen zu erreichen! Seitdem der Wind nach Nordosten gedreht hat, bewegt sich die »Chancellor« mehr und mehr nach Süden.

Heute, da ich mich mit Robert Kurtis allein auf dem Oberdeck befinde, spreche ich ihn daraufhin an.

»Ist Ihr Kapitän von Sinnen!« frage ich.

»Das möchte ich Sie fragen, Mister Kazallon«, antwortet Robert Kurtis, »da Sie ihn aufmerksam beobachtet haben.«

»Ich weiß nicht recht, was ich Ihnen darauf antworten soll, Mister Kurtis, doch gestehe ich, daß seine eigentümliche Physiognomie, seine verstörten Augen ... Fahren Sie zum erstenmal mit ihm?«

»Ja, er war mir früher unbekannt.«

»Und Sie haben ihm Ihre Bemerkungen über den von uns eingeschlagenen Weg nicht vorenthalten?«

»Gewiß nicht, doch er hat mir entgegnet, daß das der richtige sei.«

»Mister Kurtis«, fahre ich fort, »was denken Leutnant Walter und der Hochbootsmann darüber?«

»Sie denken wie ich.«

»Und wenn Kapitän Huntly das Schiff nach China führte?«

»So würden sie gehorchen wie ich.«

»Der Gehorsam hat aber seine Grenzen.«

»Nein, solange die Führung des Kapitäns das Schiff nicht in Gefahr bringt.«

»Wenn er nun geisteskrank wäre?«

»Ja, wenn er das ist, Mister Kazallon, dann werde ich sehen, was zu tun ist.«

An solche Verhältnisse habe ich freilich nicht gedacht, als ich mich auf der »Chancellor« eingeschifft habe.

Inzwischen ist das Wetter immer schlechter geworden; über den Atlantischen Ozean braust ein heftiger Sturm. Das Schiff ist gezwungen gewesen, mit dem großen Bramsegel und dem kleinen Focksegel beizudrehen, das heißt, es bietet dem Wind seine Breitseite. Trotzdem weicht es mehr und mehr ab, und immer weiter gelangen wir nach Süden.

Darüber gibt es keinen Zweifel mehr, nachdem die »Chancellor« in der Nacht vom 11. zum 12. in die Sargassosee gelangt ist.

Diese Sargassosee, die der warme Golfstrom gebildet hat, ist ein weites Wassergebiet, bedeckt mit Varecpflanzen, die die Spanier Sargasso nennen und über die die Schiffe des Kolumbus bei ihrer ersten Fahrt über den Ozean nur sehr schwer hinweggekommen sind.

Bei anbrechendem Tag bietet uns das Meer einen eigentümlichen Anblick, der auch die Herren Letourneur veranlaßt, trotz des brausenden Windes, der auf den metallenen Wanten spielt, als wären es Harfensaiten, auf Deck zu kommen. Unsere Kleider sind fest und eng an den Körper gebunden und würden zerrissen werden, wenn sie der Wind erfassen könnte. Das Schiff schwankt auf diesem durch die fruchtbaren Fucuspflanzen verdeckten Wasser, einer weiten Fläche von niederen Gewächsen, durch die sich der Kiel wie eine Pflugschar hindurcharbeitet, furchtbar hin und her. Manchmal treibt der Wind lange Faserschlingen hoch empor, die sich um die Takelage wickeln und gleich grünen Girlanden von einem Mast zum andern hängen.

Einige dieser oft mehrere hundert Fuß langen Algen umschlingen die Masten bis zu den Spitzen. Mehrere Stunden lang hat man gegen diesen wahrhaften Sturmangriff der Varecs anzukämpfen, und die »Chancellor« hat mit ihrem von den sonderbaren Lianen bedeckten Takelwerk mehr einem wandelnden Bukett auf einer ungeheuren Wiese ähnlich gesehen.

SIEBENTES KAPITEL

14. Oktober

Endlich hat die »Chancellor« das Vegetabilienmeer hinter sich gebracht, der Sturm hat nachgelassen, und wir kommen mit zwei gerefften Marssegeln rasch vorwärts.

Heute ist die Sonne wieder sichtbar geworden, und jetzt leuchtet sie mit vollem Glanz. Es beginnt allmählich sehr warm zu werden. Die Positionsbestimmung ergibt 21°33′ nördlicher Breite und 50°17′ westlicher Länge. Die »Chancellor« ist also um mehr als zehn Breitengrade nach Süden gesegelt.

Noch immer steuert sie den südöstlichen Kurs!

Ich habe mir über dieses unbegreifliche Verhalten des Kapitäns Huntly Aufschluß zu verschaffen gesucht und mehrere Male mit dem Befehlshaber gesprochen. Hat er seinen klaren Verstand, oder hat er ihn nicht? Ich weiß es nicht. Im allgemeinen spricht er vernünftig. Steht er unter dem Einfluß einer partiellen Verrücktheit, einer Geistesabwesenheit, die sich nur äußert, soweit sie seinen Beruf betrifft? Derartige Fälle sind schon wiederholt beobachtet worden. Robert Kurtis, mit dem ich davon spreche, hört mir nur sehr kühl zu. Der Erste Offizier wiederholt seine frühere Aussage, daß er nicht das Recht habe, seinen Kapitän abzusetzen, solange nicht durch einen wohlkonstatierten Akt des Wahnsinns der Verlust des Schiffes droht. Die Verantwortlichkeit für jenen angedeuteten Schritt ist sehr ernst.

Gegen acht Uhr abends bin ich in meine Kabine zurückgekehrt, habe bei dem Licht meiner Schwebelampe noch eine Stunde gelesen und meinen Gedanken nachgehangen, dann aber mich niedergelegt und bin bald eingeschlafen.

Einige Stunden später werde ich durch ein ungewohntes Geräusch geweckt, ich höre schwere Tritte und lautes Gespräch auf dem Deck. Die Mannschaft scheint eilig hin und her zu laufen. Was mag der Grund dieser außergewöhnlichen Bewegung sein? Wahrscheinlich eine Veränderung der Segelstellung, um den Schiffskurs zu wechseln. Doch nein, das ist's offensichtlich nicht, denn noch immer neigt sich das Schiff nach der Steuerbordseite, und folglich ist der Kurs nicht verändert worden.

Die Bewegungen der »Chancellor« sind jetzt nicht heftiger, es stürmt also nicht.

Am folgenden Morgen, dem 14., begebe ich mich schon um sechs Uhr auf Deck und betrachte das Fahrzeug. An Bord ist scheinbar nichts verändert. Wir segeln unter Backbordhalsen mit den unteren Mars- und Focksegeln. Die »Chancellor« hält sich prächtig auf dem von der frischen Brise etwas bewegten Meer. Ihre Geschwindigkeit ist beträchtlich und wird jetzt nicht unter elf Knoten betragen.

Bald erscheinen auch die beiden Herren Letourneur auf dem Deck, ich helfe dem jungen Mann heraufzusteigen. Mit großem Wohlbehagen atmet André die belebende Morgenluft.

Ich frage die Herren, ob sie diese Nacht nicht durch ein Geräusch geweckt worden seien, das eine gewisse Bewegung an Bord verraten habe.

»Ich für mein Teil nicht«, antwortet André Letourneur, »ich habe ununterbrochen geschlafen.«

»Ja, so ist es«, sagt Herr Letourneur, »ich bin jedoch auch durch das Geräusch, von dem Mister Kazallon spricht, munter gemacht worden. Ich glaubte die Worte zu vernehmen ›Schnell! Schnell! Zu den Luken, zu den Luken!‹«

»Um wieviel Uhr war das wohl?« frage ich.

»Etwa um drei Uhr morgens.«

»Und die Ursache dieses Geräusches ist Ihnen unbekannt geblieben?«

»Ja, Mister Kazallon, sie kann aber nur unbedeutend gewesen sein, da niemand von uns auf Deck gerufen worden ist.«

Ich fasse die Luken, die vor und hinter dem Großmast angebracht sind und zum Laderaum hinabführen, ins Auge. Wie gewöhnlich sind sie geschlossen, doch fällt mir auf, daß sie sorgsam mit Pfortsegeln überdeckt sind, als habe man sie möglichst hermetisch verschließen wollen. Warum ist das geschehen? Hier ist etwas geschehen, was ich mir nicht zu erklären vermag. Robert Kurtis wird mir ohne Zweifel darüber Aufschluß geben. Ich warte also, bis der Erste Offizier die Wache übernimmt, und halte meine eigenen Gedanken zunächst zurück, da es mir besser scheint, sie den Herren Letourneur jetzt nicht mitzuteilen.

Der Tag verspricht schön zu werden, die Sonne ist prächtig und fast dunstfrei aufgegangen. Ein gutes Vorzeichen. Noch sieht man über dem westlichen Horizont die Sichel des Mondes, der zehn Uhr siebenundfünfzig Minuten untergehen wird. In drei Tagen werden wir letztes Viertel und am 24. Neumond haben. Ich schlage in meinem Kalender nach und sehe, daß an demselben Tag eine starke Springflut sein muß. Bei unserer Fahrt auf dem offenen Meer werden wir freilich nichts davon wahrnehmen, an den Küsten aller Kontinente und Inseln aber wird das Phänomen zu beobachten sein, denn der Neumond muß die Wassermassen zu außergewöhnlicher Höhe emporheben.

Ich bin jetzt auf dem Oberdeck allein. Die Herren Letourneur sind zum Tee wieder hinabgegangen, und ich erwarte den Ersten Offizier.

Um acht Uhr beginnt die Wache Robert Kurtis', der Leutnant Walter ablöst, und ich gehe dem Ersten Offizier entgegen und reiche ihm die Hand.

Noch ehe er mir guten Tag sagt, läßt Robert Kurtis seinen Blick über das Deck schweifen, und seine Augenbrauen ziehen sich leicht zusammen. Dann beobachtet er den Zustand des Himmels und die Takelage, danach nähert er sich Leutnant Walter.

»Der Kapitän?« fragt er.

»Ich habe ihn heute noch nicht gesehen.«

»Nichts Neues?«

»Nichts.«

Dann unterhalten sich Robert Kurtis und Leutnant Walter einige Augenblicke mit leiser Stimme.

Auf eine an ihn gerichtete Frage antwortet Walter mit einer verneinenden Geste.

»Schicken Sie mir den Hochbootsmann herauf, Walter«, ruft der Erste Offizier dem abgelösten Leutnant nach.

Bald erscheint der Gerufene, und Robert Kurtis stellt ihm einige Fragen, auf die dieser mit leiser Stimme und mit Schulterzucken antwortet. Auf den Wink des Ersten Offiziers läßt der Hochbootsmann durch die Deckswache die Pfortsegel über der großen Luke mit Wasser begießen.

Einige Augenblicke später trete ich zu Robert Kurtis, und unser Gespräch dreht sich zunächst um unwichtige Dinge. Da es mir scheint, als wolle der Erste Offizier nicht selbst auf den Gegenstand meines lebhaften Interesses eingehen, sage ich zu ihm:

»Ich bitte, Mister Kurtis, was ist denn diese Nacht an Bord geschehen?«

Robert Kurtis betrachtet mich aufmerksam, gibt aber keine Antwort.

»Ja«, fahre ich fort, »ich wurde durch ein ungewöhnliches Geräusch geweckt, ebenso Mister Letourneur, was war da?«

»Nichts Besonderes, Mister Kazallon«, erwidert Robert Kurtis, »eine falsche Steuerbewegung des Untersteuermanns machte es plötzlich nötig zu brassen, was eine gewisse Bewegung auf dem Deck veranlaßt haben mag. Bald war der Fehler wieder behoben, und die ›Chancellor‹ lief auf ihrem gewohnten Kurs weiter.«

Mir scheint, daß der sonst so offene Robert Kurtis diesmal nicht die Wahrheit gesagt hat.

ACHTES KAPITEL

15. bis 18. Oktober

Die Fahrt geht weiter wie bisher, der Wind hält sich aus Nordosten, und für jeden nicht tiefer Blickenden hat es den Anschein, als ob an Bord alles in bester Ordnung sei.

Indes, es liegt etwas in der Luft. Die Matrosen stecken die Köpfe zusammen und murmeln untereinander, schweigen allerdings, wenn sich einer der Passagiere nähert. Wiederholt habe ich das Wort Luke gehört, das schon Mr. Letourneur aufgefallen war. Was befindet sich nur im Laderaum der »Chancellor«, das so besondere Vorsicht nötig macht? Warum sind die Luken luftdicht verschlossen? Wahrlich, wenn eine meuternde Schiffsmannschaft im Zwischendeck gefangengehalten würde, könnte man keine strengeren Maßregeln zu ihrer Bewachung ergreifen.

Am 15., als ich mich auf dem Vorderkastell ergehe, höre ich den Matrosen Owen zu seinen Kameraden sagen:

»Ihr andern wißt es also, ich warte nicht, bis es zu spät ist. Jeder ist sich selbst der Nächste.«

»Was willst du tun, Owen?« fragte ihn Jynxtrop, der Koch.

»Ei nun«, antwortet der Matrose, »die Schaluppen sind doch nicht für Meerschweinchen erfunden!«

Das Gespräch wird plötzlich unterbrochen, und ich kann nichts mehr vernehmen.

Ist etwa eine Verschwörung gegen die Schiffsleitung im Entstehen? Hat Robert Kurtis Vorzeichen einer Empörung bemerkt? Den bösen Willen mancher Matrosen hat man stets zu fürchten und muß jenen eine eiserne Disziplin entgegensetzen.

Drei Tage sind verflossen, ohne daß mir etwas Bemerkenswertes aufgefallen wäre. An Robert Kurtis erkenne ich jedoch Zeichen von Ungeduld, was mich bei einem Mann, der seiner so sehr Herr ist wie er, desto mehr verwundert; dennoch scheint mir Kapitän Huntly infolge wiederholter Vorstellungen seiner Offiziere nur noch hartnäckiger auf seinem Willen zu beharren. Übrigens muß er an einer Überreizung leiden, deren Ursache mir noch dunkel ist.

Während der Mahlzeiten haben wir, Mr. Letourneur und ich, die Schweigsamkeit des Kapitäns und die Unruhe des Ersten Offiziers mehrmals beobachtet. Dann und wann beginnt Robert Kurtis ein Gespräch, doch stockt das meist sofort wieder, und weder der Ingenieur Falsten noch Mr. Kear sind die Leute, das Gespräch weiterzuführen.

Ruby natürlich ebensowenig.

Inzwischen beginnen die Passagiere, und das nicht ohne Grund, sich über die lange Dauer der Fahrt zu beklagen. Mr. Kear, ein Mann, vor dem sich selbst die Elemente beugen müssen, scheint Kapitän Huntly für diese Verzögerung verantwortlich machen zu wollen und sagt ihm das ins Gesicht.

Im Verlauf des 17. und von da ab auch später wird das Deck auf Anordnung des Ersten Offiziers des öftern begossen. Gewöhnlich geschieht das nur am Morgen, jetzt mag die häufige Wiederholung dieses Verfahrens durch die hohe Temperatur veranlaßt sein, in der wir uns befinden, da wir so weit nach Süden getrieben sind. Die Pfortsegel über den Luken werden sogar stets ganz naß gehalten, und ihr dadurch eingelaufenes Gewebe bildet eine absolut dichte Decke. Die »Chancellor« besitzt Pumpen, die das Überfluten mit Wasser sehr bequem ausführen lassen. Ich glaube kaum, daß das Deck der luxuriösesten Jachten peinlicher saubergehalten wird. Die Mannschaft des Schiffes hätte eigentlich Ursache, sich über die ihr zusätzlich aufgebürdete Arbeit zu beklagen, aber sie beklagt sich nicht.

Während der Nacht vom 23. zum 24. erscheint mir die Temperatur in den Kabinen wahrhaft erstickend. Trotz des starken Seegangs habe ich die kleine Lichtpforte meiner Kabine in der Steuerbordwand des Schiffes offenlassen müssen.

Es gibt keinen Zweifel: Wir befinden uns in den Tropen.

Bei Tagesgrauen bin ich auf Deck gegangen. Zu meiner Verwunderung habe ich die Lufttemperaturen nicht so hoch wie im Innern des Fahrzeugs gefunden. Der Morgen ist sogar recht kühl, denn die Sonne ist kaum über den Horizont herauf, und doch habe ich mich nicht getäuscht, es war gewiß sehr warm im Schiff.

Eben sind die Matrosen mit dem unvermeidlichen Abwaschen des Decks beschäftigt; die Pumpen speien Wasser, das je nach der Lage des Schiffes durch das Schanzkleid der Backbord- oder der Steuerbordseite abläuft.

Die Seeleute laufen in dem Wasser mit bloßen Füßen herum. Ich weiß nicht, warum mich die Lust anwandelt, es ihnen nachzutun. Ich ziehe

also Stiefel und Strümpfe aus und plätschere in dem frischen Seewasser herum.

Zu meinem größten Erstaunen fühle ich, daß das Deck der »Chancellor« sehr warm ist, und kann einen Ausruf darüber nicht zurückhalten.

Robert Kurtis hört mich, wendet sich um, kommt auf mich zu und beantwortet mir eine Frage, die ich noch gar nicht gestellt habe: »Nun ja«, sagt er, »es ist Feuer an Bord!«

NEUNTES KAPITEL

19. Oktober

Jetzt wird mir alles klar, das gegenseitige Flüstern der Matrosen, ihr unruhiges Aussehen, die Worte Owens, ihr Begießen des Decks, das man ständig feucht zu halten trachtet, und ebenso die Wärme, die sich in den Kajüten entwickelt und nach und nach unerträglich wird. Die andern Passagiere haben darunter ebenso gelitten wie ich und vermögen sich diese abnormen Temperaturen nicht zu erklären.

Nachdem er mir diese sehr ernste Mitteilung gemacht hat, versinkt Robert Kurtis wieder in Stillschweigen.

Er scheint Fragen von mir zu erwarten, doch gestehe ich, daß mich zunächst ein kalter Schauer vom Kopf bis zu den Füßen überläuft. Von allen Unfällen, die ein Schiff auf See treffen können, ist jener der furchtbarste, und kein Mensch, er sei noch so kaltblütig, wird ohne ein leises Erzittern die Worte hören: »Es ist Feuer an Bord!«

Indessen gewinne ich die Herrschaft über mich selbst, und meine erste Frage lautet:

»Seit wann?«

»Seit sechs Tagen!«

»Seit sechs Tagen!« rufe ich. »Es war also in jener Nacht . . .«

»Ja«, erwidert Robert Kurtis, »seit der Nacht, während deren die sonderbare Aufregung auf dem Deck der ›Chancellor‹ herrschte. Die wachhabenden Matrosen hatten einen leichten Rauch bemerkt, der aus den Fugen am Deckel der großen Luke quoll. Der Kapitän und ich waren sofort bei der Hand. Kein Zweifel! Die Waren im Laderaum hatten Feuer gefangen, und es gab keinen Weg, zum Herd der Entzündung zu gelangen. Wir haben getan, was unter solchen Verhältnissen möglich ist, das heißt, wir haben die Luken so dicht verschlossen, wie es ging, um jeden Zutritt der Luft ins Innere des Fahrzeugs zu vermeiden. Ich hoffte, wir würden dadurch imstande sein, das Feuer zu ersticken, und die ersten Tage glaubte ich wirklich, wir hätten die Gefahr gebannt. Seit drei Tagen steht es jedoch fest, daß das Feuer Fortschritte macht. Die Hitze unter unsern Füßen nimmt zu, und ohne die Vorsichtsmaßregel, das Deck stets mit Wasser zu besprengen, wäre es hier nicht auszuhalten. Alles in allem, Mister Kazallon, ist es mir lieber, daß Sie von dem Stand der Dinge unterrichtet sind, deshalb sage ich Ihnen das.«

Schweigend lausche ich dem Bericht des Ersten Offiziers. Ich durchschaue den ganzen Ernst der Situation gegenüber einem Feuer, das sich von Tag zu Tag ausbreitet und gegen das zuletzt vielleicht keine menschliche Macht mehr zu kämpfen vermag.

»Wissen Sie, wie das Feuer entstanden ist?« frage ich.

»Sehr wahrscheinlich hat sich die Baumwolle selbst entzündet.«

»Kommt so etwas häufiger vor?«

»Häufiger? Nein! Aber dann und wann; denn wenn die Baumwolle zur Zeit der Einschiffung nicht völlig trocken ist, kann sie sich unter den Verhältnissen, in denen sie sich später befindet, das heißt in dem feuchten Laderaum, der nur sehr unzulänglich zu lüften ist, von selbst entzünden. Ich bin überzeugt, daß das Feuer keine andere Ursache hat.«

»Nun, die Ursache bleibt sich für uns jetzt gleich. Was vermag man dagegen zu tun, Mister Kurtis?«

»Nicht viel, Mister Kazallon«, antwortet Robert Kurtis, »doch wiederhole ich, daß wir alle für den gegebenen Fall gebotenen Vorsichtsmaßnahmen ergriffen haben. Ich hatte daran gedacht, das Schiff auf der Wasserlinie an einer Stelle zu öffnen, um eine gewisse Menge Wasser einströmen zu lassen, das die Pumpen später leicht wieder herausgeschafft hätten; da wir aber zu der Überzeugung gelangt sind, daß das Feuer jedenfalls in der Mitte der Ladung entstanden ist, hätten wir den ganzen Laderaum unter Wasser setzen müssen, um den Brandherd zu erreichen. Inzwischen habe ich an mehreren Stellen des Decks kleine Öffnungen anbringen lassen, durch die während der Nacht Wasser eingegossen wird, doch erweist sich das als unzureichend. Nein, es ist wirklich nur ein Weg offen – der, den man in solchen Fällen immer einschlägt: das Feuer ersticken, indem man ihm jeden Luftzutritt von außen abschneidet und dadurch den zur Verbrennung nötigen Sauerstoff raubt.«

»Und das Feuer breitet sich trotzdem aus?«

»Ja, und das ist der Beweis dafür, daß Luft in den Schiffsraum eindringt durch eine Öffnung, die wir trotz allen Suchens noch nicht gefunden haben.«

»Gibt es Beispiele dafür, Mister Kurtis, daß Schiffe unter solchen Umständen den Hafen erreicht haben?«

»O gewiß, Mister Kazallon; es kommt gar nicht so selten vor, daß mit Baumwolle befrachtete Schiffe in Liverpool oder Le Havre mit zum Teil verbrannter Ladung anlangen. In diesen Fällen hatte man freilich das Feuer zu löschen, mindestens in Grenzen zu halten vermocht. Mir ist mehr als ein Kapitän bekannt, der so, mit dem Feuer unter den Füßen, in den Hafen eingelaufen ist. Dann mußte natürlich eiligst die Ladung gelöscht werden, wodurch mit deren unversehrtem Teil auch das Schiff gerettet wurde. Bei uns liegen die Dinge leider schlimmer, und ich verhehle mir nicht, daß das Feuer, anstatt eingedämmt zu werden, täglich weitere Fortschritte macht. Also gibt es eine Öffnung, die sich unserem Nachsuchen entzieht und durch die weiter frische Luft dem Brand zugeführt wird.«

»Schiene es da nicht angezeigt, umzukehren und so bald wie möglich Land zu erreichen zu suchen?«

»Vielleicht«, entgegnet Robert Kurtis; »das ist eine Frage, die der Leutnant, der Hochbootsmann und ich noch heute mit dem Kapitän besprechen wollen; doch ich gestehe, ich sage das Ihnen, Mister Kazallon, daß ich es schon auf mich genommen habe, den bis jetzt gesteuerten Kurs zu ändern; wir haben nun den Wind im Rücken und fahren nach Südwesten, das heißt auf die Küste zu.«

»Die Passagiere wissen nichts von der ihnen drohenden Gefahr?« frage ich den Ersten Offizier.

»Nichts, und ich bitte Sie um Stillschweigen über das, was ich Ihnen gesagt habe. Es ist unnötig, die Passagiere zu erschrecken und dadurch unsere Situation noch zu verschlimmern. Die Mannschaft hat ebenfalls Befehl, nicht darüber zu sprechen.«

Mir leuchten die gewichtigen Gründe des Mannes ein, und ich versichere ihn meiner unbedingten Verschwiegenheit.

ZEHNTES KAPITEL

20. und 21. Oktober

Unter diesen Umständen setzt die »Chancellor« ihre Fahrt mit so vielen Segeln fort, wie ihre Masten tragen können. Manchmal beugen sich ihre Stengen so, als ob sie brechen wollten. Aber Robert Kurtis ist aufmerksam. Er bleibt immer neben dem Ruder, da sich der Rudergast nicht allein überlassen sein soll. Durch kleine geschickte Schwenkungen gibt er der Brise nach, wenn die Sicherheit des Fahrzeugs in Frage gestellt sein könnte, und so weit, wie möglich ist, verliert die »Chancellor« unter der Hand, die sie regiert, nichts an ihrer Schnelligkeit.

Heute, am 20. Oktober, sind alle Passagiere auf das Deck gekommen. Sie haben offenbar die abnorme Temperaturerhöhung im Innern bemerkt; da sie jedoch die Ursache nicht kennen, verursacht ihnen das keinerlei Unruhe. Da sie alle starkes Schuhwerk tragen, haben sie auch die Hitze, die trotz des Begießens mit Wasser durch das Deck dringt, nicht gefühlt. Die andauernde Tätigkeit der Pumpen hätte zwar ihre Aufmerksamkeit erregen sollen; doch nein, meist strecken sie sich auf die Bänke aus und lassen sich völlig ruhig von dem Rollen des Schiffes wiegen.

Mr. Letourneur allein scheint erstaunt, daß sich die Mannschaft einer auf Handelsschiffen völlig ungewohnten Reinlichkeit befleißigt. Er spricht darüber einige Worte zu mir, und ich antworte in gleichgültigem Ton. Dieser Franzose ist übrigens ein energischer Mann, ihm könnte ich wohl alles mitteilen; ich habe freilich Robert Kurtis versprochen zu schweigen, also schweige ich.

Wenn ich mir aber die möglichen Folgen der bevorstehenden Katastrophe vergegenwärtige, dann steht mir das Herz fast still. Achtundzwanzig Personen sind wir an Bord, vielleicht ebenso viele Opfer, denen die Flammen keine rettende Planke übriglassen werden!

Heute hat die Konferenz zwischen dem Kapitän, dem Ersten Offizier, dem Leutnant und dem Hochbootsmann stattgefunden. Kapitän Huntly ist, wie vorauszusehen war, völlig gebrochen. Er hat weder kaltes Blut noch Energie und überläßt das Kommando des Schiffes Robert Kurtis. Die Fortschritte des Feuers im Innern sind nun unbestreitbar, und schon kann man sich in dem im Bug gelegenen Mannschaftsraum kaum noch aufhalten. Anscheinend ist man nicht imstande, das Feuer einzudämmen, und früher oder später muß es offen ausbrechen.

Was wird nun zu tun sein? Es gibt nur ein Mittel: so bald wie möglich das Land erreichen! Das nächst gelegene Land ist den Beobachtungen nach die Inselgruppe der Kleinen Antillen, und man kann wohl hoffen, bei gleichbleibendem Nordostwind schnell dorthin zu glangen.

Da man sich in dieser Ansicht geeinigt hat, will der Erste Offizier die schon seit vierundzwanzig Stunden eingeschlagene Richtung weiter beibehalten. Die Passagiere, denen auf dem unendlichen Ozean jeder Anhaltspunkt fehlt, die mit den Kompaßangaben sehr wenig vertraut sind, haben die Kursänderung der »Chancellor« nicht wahrgenommen, die jetzt mit dem gesamten Segelwerk die Antillen zu gewinnen sucht, von denen sie noch etwa sechshundert Meilen entfernt ist.

Auf eine von Mr. Letourneur an Robert Kurtis hierüber gerichtete Frage antwortet dieser, daß er, da man gegen den Wind nicht aufzukommen vermöge, im Westen günstige Strömungen aufzusuchen beabsichtige.

Es bleibt das die einzige Bemerkung, die der neue Kurs der »Chancellor« hervorgerufen hat.

Am andern Tag, dem 21. Oktober, hat sich an unserer Lage nichts geändert. In den Augen der Passagiere geht die Fahrt unter den gewöhnlichen Umständen vonstatten, die Lebensweise an Bord bleibt, wie sie ist.

Übrigens gibt es sonst keinen Hinweis darauf, daß sich das Feuer vergrößert, und das ist ein gutes Zeichen, und auch Rauch ist nirgends zu bemerken. Vielleicht schafft man es doch noch, das Feuer auf den Laderaum zu beschränken, und vielleicht erlischt es gar noch ganz oder glimmt nur langsam weiter, ohne die gesamte Ladung zu ergreifen. Hierauf gründet Robert Kurtis seine Hoffnung, und aus übergroßer Vorsicht hat er sogar die Öffnungen der Pumpen verstopfen lassen, deren in den Laderaum mündendes Rohr etwas Luft eintreten lassen könnte.

Möge uns der Himmel zu Hilfe kommen, denn wir sind nicht imstande, selbst noch mehr für uns zu tun!

Dieser Tag wäre ohne weitere Ereignisse vergangen, wenn der Zufall mich nicht zum Hörer weniger Worte eines Gesprächs gemacht hätte, aus denen hervorgeht, daß unsere ohnehin sehr ernste Lage jetzt wahrhaft schrecklich ist.

Man urteile selbst.

Ich habe auf dem Oberdeck gesessen, zwei Passagiere haben mit leiser Stimme geplaudert, ohne zu ahnen, daß ich sie habe verstehen können.

Diese beiden Passagiere sind der Ingenieur Falsten und der Kaufmann Ruby gewesen, die sich beide öfter miteinander unterhalten.

Meine Aufmerksamkeit wird erst durch einige ausdrucksvolle Gesten des Ingenieurs erregt, der seinem Gegenüber lebhafte Vorwürfe zu machen scheint. Ich kann nicht umhin zu lauschen und höre dabei folgendes:

»Aber das ist Wahnsinn!« wiederholte Falsten, »wie können Sie so unklug sein!«

»Pah«, antwortet Ruby sorglos, »es wird ja nichts geschehen?«

»Im Gegenteil, es kann das schlimmste Unheil geschehen!« versetzt der Ingenieur.

»Gut, gut«, erwidert der Kaufmann, »es ist nicht das erstemal, daß ich so etwas mitnehme.«

»Ein Stoß genügt, eine Explosion hervorzurufen.«

»Das Gefäß ist sorgfältig verpackt, Mister Falsten, und ich wiederhole, daß nichts zu befürchten ist.«

»Weshalb haben Sie den Kapitän nicht davon unterrichtet?«

»Ei, weil er mein Gepäck dann nicht mitgenommen hätte.«

Der Wind hat sich seit einigen Augenblicken gelegt und trägt mir die Worte nicht mehr zu; offenbar leistet aber der Ingenieur noch immer Widerstand, während sich Ruby begnügt, mit den Schultern zu zucken.

Jetzt, jetzt dringen aufs neue einzelne Worte an mein Ohr.

»Doch, doch«, sagt Falsten, »der Kapitän muß davon erfahren. Das Kolli muß ins Wasser geworfen werden; ich verspüre keine Lust, mich in die Luft sprengen zu lassen.«

In die Luft sprengen! Ich erhebe mich rasch bei diesen Worten. Was will der Ingenieur damit sagen? Worauf spielt er an? Er kennt ja die Situation der »Chancellor« nicht und weiß nicht, daß Feuer im Laderaum ist.

Aber ein Wort, ein furchtbares unter diesen Verhältnissen, jagt mich auf. Und dieses Wort »Natronpikrat« höre ich mehrmals.

Im Augenblick bin ich neben den beiden Männern, und unwillkürlich fasse ich mit unwiderstehlicher Gewalt Ruby beim Kragen.

»Es ist Pikrat an Bord?«

»Ja«, antwortet Falsten, »ein Kolli mit etwa dreißig Pfund.«

»Und wo?«

»Im Laderaum, bei der Schiffsfracht!«

ELFTES KAPITEL

Fortsetzung vom 21. Oktober

Ich kann es nicht schildern, was bei den Worten des Ingenieurs in mir vorgeht. Das ist kein Erschrecktsein mehr, es ist eine Art Resignation. Mir scheint sich die Situation dadurch zu klären, der Knoten vielleicht eher zu lösen. Kühl bis ans Herz, suche ich Robert Kurtis auf, der sich auf dem Vorderkastell befindet.

Auf die Nachricht hin, daß ein Kolli mit dreißig Pfund Pikrat – das heißt eine hinreichende Menge, um einen Berg in die Luft zu sprengen – an Bord ist, und zwar im Laderaum, womöglich nahe dem Herd des Feuers selbst, und daß die »Chancellor« jeden Augenblick in die Luft fliegen kann, entsetzt sich Robert Kurtis keineswegs, kaum runzelt sich seine Stirn und erweitern sich seine Augen.

»Gut«, antwortet er, »nicht ein Wort hiervon. Wo ist dieser Ruby?«

»Auf dem Deck.«

»Kommen Sie mit mir, Mister Kazallon.«

Wir steigen beide zum Oberdeck hinauf, wo der Kaufmann und der Ingenieur noch bei ihrem Gespräch sind.

Robert Kurtis geht geradewegs auf sie zu.

»Sie haben das getan?« fragt er Ruby.

»Nun ja, das habe ich getan!« antwortet seelenruhig Ruby, der sich höchstens eines Betrugs schuldig gemacht zu haben glaubt.

Einen Augenblick habe ich den Eindruck, als wolle Robert Kurtis den unseligen Passagier zermalmen, der die Tragweite seiner Unklugheit gar nicht zu begreifen scheint! Dem Ersten Offizier gelingt es jedoch, sich zu beherrschen, und ich sehe, wie er die Hand auf dem Rücken ballt, um nicht verleitet zu werden, Ruby bei der Gurgel zu nehmen.

Dann richtet er mit ruhiger Stimme einige Fragen an Ruby. Dieser bestätigt die von mir gemeldete Tatsache. Zwischen seinem Gepäck befindet sich ein Kolli, das dreißig Pfund jener so höchst gefährlichen Substanz enthält. Der Passagier hat hier mit derselben Nachlässigkeit und Unklugheit gehandelt, die, wie man gestehen muß, dem Angelsachsen offenbar angeboren ist, und hat jene explosive Substanz in dem Laderaum des Fahrzeugs unterbringen lassen wie ein Franzose etwa eine Flasche Wein. Wenn er den Inhalt dieses Kollis falsch deklariert hat, so deshalb, weil sich der Kapitän mit Sicherheit geweigert hätte, den Explosivstoff mitzunehmen.

»Nun, nun, das ist doch kein Grund, einen Menschen zu hängen! Wenn Ihnen das Zeug so unangenehm ist, dann werfen Sie's meinetwegen ins Meer. Mein Gepäck ist versichert!«

Bei dieser Antwort kann ich mich nicht mehr zurückhalten, denn mir fehlt Robert Kurtis' kaltes Blut, und der Zorn übermannt mich. Bevor mich der Erste Offizier daran hindern kann, stürze ich mich auf Ruby und schreie:

»Elender, Sie wissen also nicht, daß Feuer an Bord ist!«

Kaum ist mir das Wort entflohen, so gereut es mich schon. Doch es ist zu spät! Die Wirkung dieser Nachricht auf den Kaufmann Ruby ist nicht zu beschreiben. Den Unglücklichen erfaßt maßlose Furcht. Sein Körper zuckt, seine Haare sträuben sich, sein Atem wird keuchend wie der eines Asthmatikers, er vermag nicht zu sprechen, der Schreck erreicht in ihm seinen Höhepunkt. Plötzlich bewegen sich seine Arme krampfhaft; er starrt auf das Deck der »Chancellor«, das jeden Moment in die Luft fliegen kann, er läuft vom Oberdeck herab und wieder hinauf, durch das ganze Schiff und gestikuliert wie ein Wahnsinniger. Endlich findet er die Sprache wieder, und seinem Mund entringen sich die fürchterlichen Worte:

»Es ist Feuer an Bord! Es ist Feuer an Bord!«

Bei diesem Ruf läuft die gesamte Mannschaft auf dem Deck zusammen, offenbar in dem Glauben, daß die Flammen einen Weg nach außen gefunden haben und es nun Zeit sei, in die Boote zu fliehen. Die Passagiere kommen hinzu. Mr. Kear, seine Gattin, Miß Herbey, die beiden Letourneur. Robert Kurtis versucht Ruby Ruhe zu gebieten, doch dieser nimmt keine Vernunft an.

Die Unordnung erreicht ihren Höhepunkt. Mrs. Kear ist bewußtlos auf dem Deck zusammengebrochen. Ihr Mann kümmert sich nicht im mindesten um sie und überläßt sie der Sorgfalt Miß Herbeys. Die Matrosen haben sich schon an die Winden der Schaluppen gemacht, um diese ins Wasser zu fieren.

Indessen teile ich den Mr. Letourneur mit, daß Feuer an Bord ist, der nächste Gedanke des Vaters gehört seinem Sohn, den er umarmt, als wolle er ihn schützen. Der junge Mann bewahrt kaltes Blut und beruhigt den Vater durch die Versicherung, daß es ja keine unmittelbare Gefahr gebe. Robert Kurtis hat mit Unterstützung des Leutnants inzwischen

seine Leute wieder zur Ordnung gebracht. Er versichert ihnen, daß das Feuer keine weiteren Fortschritte gemacht, daß der Passagier Ruby keine Vorstellung von dem habe, was er tue oder sage, daß man nicht übereilt handeln solle und daß man, wenn der Augenblick gekommen sei, das Schiff verlassen werde.

Der größte Teil der Matrosen hört auf die Stimme des Ersten Offiziers, den sie respektieren und achten. Dieser erreicht bei ihnen, was Kapitän Huntly nicht gelungen wäre, und die Schaluppe verbleibt auf ihrem Lager.

Glücklicherweise hat Ruby von dem im Laderaum eingeschlossenen Pikrat nicht weiter gesprochen. Wenn die Mannschaft die ganze Wahrheit wüßte, wenn sie hörte, daß das Schiff eigentlich nur noch ein Vulkan ist, der sich jeden Augenblick unter ihren Füßen öffnen kann, käme sie gewiß außer Rand und Band, und niemand würde imstande sein, sie am Entfliehen zu hindern.

Der Erste Offizier, Ingenieur Falsten und ich, wir sind die einzigen, die die schreckliche Komplikation kennen, und es ist gut, daß es dabei bleibt.

Nach wiederhergestellter Ordnung suchen wir, Robert Kurtis und ich, den Ingenieur wieder auf dem Oberdeck. Dieser ist noch dort und steht mit gekreuzten Armen da; wahrscheinlich denkt er über ein mechanisches Problem nach – mitten unter dem allgemeinen Schrecken. Wir empfehlen ihm dringend, nichts von der Verschlechterung unserer Lage zu sagen, die wir der Unklugheit Rubys verdanken.

Falsten verspricht, darüber zu schweigen. Dem Kapitän Huntly alles mitzuteilen, der auch noch nicht unterrichtet ist, übernimmt Robert Kurtis.

Vorher muß er sich aber der Person Rubys versichern, denn der Unglückliche ist wie geistesgestört. Er weiß nicht mehr, was er tut, und läuft nur mit dem Ruf »Feuer! Feuer!« auf dem Oberdeck umher.

Robert Kurtis befiehlt einigen Matrosen, sich des Passagiers zu bemächtigen, den man fesselt und unschädlich macht. Dann wird er in seine Kabine gebracht und sorgfältig bewacht.

Das schreckliche Wort ist nicht über seine Lippen gekommen!

ZWÖLFTES KAPITEL

22. und 23. Oktober

Robert Kurtis hat dem Kapitän alles mitgeteilt.

Kapitän Huntly ist, wenn auch nicht tatsächlich, so doch dem Wortlaut nach der Vorgesetzte des Ersten Offiziers, und der darf ihm nichts verheimlichen.

Bei dieser Nachricht hat Kapitän Huntly kein Sterbenswörtchen geantwortet, sondern ist nur mit der Hand über die Stirn gefahren wie ein Mensch, der irgendeinen Gedanken vertreiben will; dann ist er ruhig in seine Kabine zurückgekehrt, ohne einen Befehl zu erteilen.

Robert Kurtis, der Leutnant, der Ingenieur Falsten und ich, wir treten zu einer Beratung zusammen, und ich erstaune über die Kaltblütigkeit, die jeder unter diesen Umständen an den Tag legt.

Alle Möglichkeiten einer Rettung werden erwogen, und Robert Kurtis faßt unsere Lage in folgende Worte zusammen:

»Das Feuer kann unmöglich eingedämmt werden, und schon ist der Mannschaftsraum kaum noch zu bewohnen. Der Augenblick muß also, und das vielleicht bald, kommen, in dem die Flammen das Deck durchbrechen. Wenn es das Wetter vor Eintritt dieser Katastrophe erlaubt, werden wir das Schiff mit den Booten verlassen. Ist es uns dagegen unmöglich, von Bord zu gehen, so kämpfen wir gegen das Feuer bis zum letzten Atemzug. Wer weiß, ob wir seiner nicht leichter Herr werden, wenn es zum Durchbruch gekommen ist. Vielleicht bekämpfen wir den Feind, der sich offen zeigt, erfolgreicher als den, der sich verbirgt.«

»Das entspricht auch meiner Ansicht«, bemerkt der Ingenieur ruhig.

»Auch der meinen«, setze ich hinzu. »Doch, Mister Kurtis, ziehen Sie gar nicht in Betracht, daß sich dreißig Pfund jener furchtbaren explosiven Substanz im Laderaum befinden?«

»Nein, Mister Kazallon«, antwortet Robert Kurtis mit einem Übermaß von kaltem Blut, »das ist nur ein Detail, das mich nicht besonders kümmert. Warum sollte es auch? Kann ich das gefahrdrohende Kolli aus der brennenden Ladung heraussuchen? Und das aus einem Raum, dem wir jeden Luftzutritt verwehren müssen? Nein, daran denke ich gar nicht! Noch bevor ich zu Ende spreche, kann das Pikrat seine entsetzliche Wirkung tun, das ist wahr. Indes: Entweder wird es vom Feuer erreicht oder nicht! Der erschwerende Umstand, den Sie anführen, ist für mich nicht weiter vorhanden. Es liegt in der Hand Gottes und nicht in der meinen, uns diese schreckliche Katastrophe zu ersparen!«

Robert Kurtis hat diese Worte in ernstem Ton gesprochen, und wir senken die Köpfe, ohne darauf zu antworten. Da der Zustand des Meers eine Benutzung der Boote unmöglich macht, dürfen wir an jenen besonderen Umstand nicht weiter denken.

»Die Explosion muß ja nicht unbedingt stattfinden, hätte wohl ein Formalist gesagt, sie ist nur vom Zufall abhängig.«

Eine ähnliche Bemerkung äußert der Ingenieur tatsächlich.

»Auf eine Frage möchte ich Sie noch um eine Antwort bitten, Mister Falsten«, sage ich. »Kann sich das Natronpikrat auch ohne Stoß entzünden?«

»Gewiß«, entgegnet der Ingenieur. »Unter gewöhnlichen Verhältnissen ist das Pikrat nicht mehr entzündlich als das Pulver, aber ebenso wie dieses.«

Wir sind wieder auf das Deck zurückgegangen. Robert Kurtis ergreift meine Hand.

»Mister Kazallon«, sagt er ohne einen Versuch, seine Erregung zu verbergen, »diese ›Chancellor‹, dieses schöne Schiff, das ich so sehr liebe, durch Feuer zerstören zu sehen, ohne etwas dagegen tun zu können . . .«

»Mister Kurtis, Ihre Erregung . . .«

»Ich vermag sie nicht zu bezwingen! Sie allein sind Zeuge dessen, wie sehr ich leide. – Doch es ist vorüber«, fügt er hinzu, aber ich sehe den Kampf, den er besteht.

»Ist die Situation ganz verzweifelt?« frage ich darauf.

»Nun, unsere Lage ist folgende«, antwortet, wieder ruhig, Robert Kurtis. »Wir befinden uns über einer Mine, deren Lunte schon entzündet ist. Jetzt ist nur die Frage, wie lang diese Lunte ist.«

Dann zieht er sich zurück.

Jedenfalls ist es der Mannschaft und den übrigen Passagieren noch unbekannt, wie ungeheuer ernst unsere Lage ist.

Seit er von dem Feuer gehört hat, beschäftigt sich Mr. Kear damit, seine wertvollsten Objekte zusammenzuraffen, an seine Frau denkt er natürlich nicht. Nachdem er gegen den Ersten Offizier halb befehlend den Wunsch geäußert hat, das Feuer zu löschen, und ihn für alle Folgen verantwortlich gemacht hat, zieht er sich in seine Kabine im Heck zurück und kommt nicht wieder zum Vorschein. Mrs. Kear seufzt und stöhnt und findet trotz ihrer sonstigen Lächerlichkeiten doch allgemeines Mitleid. Miß Herbey glaubt sich unter diesen Umständen von den Pflichten gegen ihre Herrin nur um so weniger entbunden und widmet jener die erdenklichste Sorgfalt. Ich muß das Benehmen dieses jungen Mädchens bewundern, dem die Pflicht über alles geht.

Am nächsten Tag, dem 23. Oktober, läßt der Kapitän den Ersten Offizier in seine Kabine rufen. Zwischen ihnen entspinnt sich folgendes Gespräch, dessen Inhalt mir Robert Kurtis mitgeteilt hat.

»Mister Kurtis«, sagt der Kapitän mit irrem Blick und den offenbaren Anzeichen geistiger Störung, »ich bin doch wohl Seemann, nicht wahr?«

»Gewiß, Herr Kapitän.«

»Nun gut, stellen Sie sich vor, daß ich von meinem Geschäft nichts verstehe ... Ich weiß nicht, was mit mir vorgeht ... Ich vergesse ... Ich bin mir unklar. Sind wir seit unserer Abreise von Charleston nicht nach Nordosten gesegelt?«

»Nein«, antwortet der Erste Offizier, »wir fuhren auf Ihren Befehl nach Südosten.«

»Wir haben aber doch nach Liverpool geladen?«

»Gewiß.«

»Und die ...? Wie heißt das Schiff, Mister Kurtis?«

»Die ›Chancellor‹.«

»Ah, richtig, die ›Chancellor‹! Wo befindet sie sich jetzt?«

»Im Süden des Wendekreises.«

»Gut, gut; ich verpflichte mich auch nicht, sie nach Norden zurückzuführen! Nein! Nein! Das könnte ich nicht ... Ich wünsche meine Kabine nicht wieder zu verlassen ... Ich kann diesen Anblick des Meeres nicht ertragen!«

»Herr Kapitän«, antwortet Robert Kurtis, »ich hoffe, daß unsere Sorgfalt ...«

»Ja, ja, ist schon gut, wir werden später sehen – indes, ich habe einen Befehl für Sie, den letzten, den Sie von mir empfangen werden.«

»Ich höre«, entgegnet der Erste Offizier.

»Mein Herr«, nimmt der Kapitän das Wort, »von jetzt ab existiere ich nicht mehr an Bord, und Sie übernehmen das Kommando des Schiffes. Die Verhältnisse sind stärker als ich ... Ich vermag nicht zu widerstehen ... Mein Kopf schwindelt! Oh, ich leide sehr, Mister Kurtis«, fügt Silas Huntly hinzu und drückt beide Hände gegen die Stirn.

Aufmerksam betrachtet der Erste Offizier den, der bisher an Bord befehligt hat, und begnügt sich zu antworten:

»Es ist gut, Herr Kapitän!«

Nachdem er wieder an Deck gegangen ist, erzählt Kurtis mir das Vorgefallene.

»Jawohl«, sage ich, »wenn der Mann auch noch nicht ganz von Sinnen ist, so ist sein Leiden doch schlimm genug, und es ist besser, daß er sich seiner Stellung freiwillig begeben hat.«

»Ich trete unter sehr ernsten Umständen an seinen Posten«, erwidert Robert Kurtis. »Doch, wie dem auch sei, ich werde meine Pflicht zu tun wissen.«

Nach diesen Worten ruft der Erste Offizier einen Matrosen herbei und befiehlt ihm, den Hochbootsmann zu holen.

Der Hochbootsmann erscheint nach kurzer Zeit.

»Hochbootsmann«, sagt Robert Kurtis zu ihm, »lassen Sie die Mannschaft sich am Großmast versammeln.«

Der Hochbootsmann zieht sich zurück, und wenige Minuten später umringen die Leute der »Chancellor« den bezeichneten Platz.

Robert Kurtis begibt sich mitten unter sie.

»Jungens«, sagt er mit ruhig-ernster Stimme, »wegen der Lage, in der wir uns befinden, und aus andern mir bekannten Gründen hat Mister Silas Huntly sein Kommando als Kapitän niederlegen zu sollen geglaubt. Von heute an kommandiere ich an Bord.«

So vollzog sich dieser Wechsel, der nur zu unser aller Bestem dienen kann. Jetzt haben wir einen energischen und verläßlichen Mann an der Spitze, der vor keiner für das allgemeine Wohl erforderlichen Maßnahme zurückschrecken wird. Die Herren Letourneur, Ingenieur Falsten und ich bringen Robert Kurtis unsere Glückwünsche dar, wobei sich der Hochbootsmann und der Leutnant uns anschließen.

Das Schiff steuert nach Südwesten, und Robert Kurtis, der so viele Segel wie möglich setzen läßt, sucht die nächste Insel der Kleinen Antillen auf kürzestem Weg zu erreichen.

DREIZEHNTES KAPITEL

24. bis 29. Oktober

Während der nun folgenden fünf Tage wogt das Meer sehr hohl. Die »Chancellor« hat es aufgeben müssen, dagegen anzukämpfen, und obwohl sie jetzt mit dem Wind und den Wellen geht, wird sie doch außerordentlich umhergeworfen. Bei dieser Fahrt auf einem Brander ist uns kein Augenblick mehr der Ruhe gegönnt. Man betrachtet das Wasser, das das Schiff umgibt und anzuziehen scheint, fast mit Vergnügen.

»Warum«, sage ich zu Robert Kurtis, »wollen Sie das Deck nicht öffnen? Warum nicht größere Mengen Wasser in den Laderaum gießen? Und wenn das Schiff voll davon wäre, was täte das? Wenn das Feuer gelöscht ist, werden die Pumpen das Wasser wieder entfernen.«

»Mister Kazallon«, antwortet Robert Kurtis, »ich habe Ihnen schon gesagt und wiederhole es, wenn wir der Luft einen auch noch so geringen Zutritt gestatten, wird sich das Feuer sofort durch das ganze Schiff verbreiten, und die Flammen werden es vom Kiel bis zu den Mastspitzen ergreifen. Wir sind zur Untätigkeit verurteilt, und unsere Verhältnisse sind so, daß man den Mut haben muß, nichts zu tun!«

Ja! Jede Öffnung hermetisch verschließen, das ist noch immer das einzige Mittel, das Feuer zu bekämpfen, und danach handelt auch die Mannschaft.

Inzwischen schreitet das Feuer unablässig fort, vielleicht schneller, als wir es annehmen. Nach und nach ist die Hitze so groß geworden, daß die Passagiere auf das Deck geflohen sind. Nur die Kabinen im Heck, die größere Fenster haben, sind noch einigermaßen bewohnbar.

Die eine verläßt Mrs. Kear nie, die andere hat Robert Kurtis für den Kaufmann Ruby bestimmt. Ich habe den Unglücklichen mehrmals besucht; er ist völlig närrisch geworden, und man hat ihn fesseln müssen, damit er nicht die Kabine zertrümmert. Sonderbar! Obwohl er nicht mehr zurechnungsfähig ist, weiß er doch, in welcher Gefahr er sich befindet, und stößt entsetzliche Schreie aus, als hätten ihn die Flammen bereits ergriffen.

Wiederholt habe ich auch dem Exkapitän einen Besuch abgestattet; ich habe in ihm einen ruhigen Mann gefunden, der ganz vernünftig spricht, nur nicht über seinen Beruf. Darüber sind ihm nur noch allgemeine Vorstellungen verblieben. Ich erbiete mich, ihn zu pflegen, denn er leidet offenbar; er weist es freilich ab und will seine Kabine auf keinen Fall verlassen. Heute ist der wachhabende Matrose durch den scharfen Rauch, der durch die Fensterritzen dringt, von der gewohnten Stelle vertrieben worden. Es steht fest, daß sich das Feuer weiter verbreitet, und wenn man das Ohr an die Zwischenwände legt, hört man ein dumpfes Prasseln. Woher erhält dieses Feuer nur den nötigen Sauerstoff? Wo ist die Öffnung, die sich jeder Nachforschung entzieht? Die schreckliche Katastrophe ist nicht mehr fern. Vielleicht handelt es sich nur noch um wenige Tage, vielleicht nur um Stunden, und zum Unglück wogt das Meer so hoch, daß man daran, in die Boote zu gehen, nicht denken kann.

Auf Befehl Robert Kurtis' ist die Zwischenwand zu den Schlafräumen der Mannschaft mit einem nassen Segel belegt worden. Trotz alledem verbreitet sich der Rauch, die Luft ist feucht und heiß und kaum zu atmen.

Robert Kurtis läßt soviel Segel wie möglich setzen, und die »Chancellor« macht bei dem auffrischenden Wind sehr gute Fahrt.

Seit Ausbruch des Feuers sind nun vierzehn Tage vergangen. Auf dem Oberdeck, dessen Fußboden mit dem Laderaum nicht in unmittelbarer Verbindung steht, kann man wohl noch einhergehen, auf dem Deck bis zum Vorderkastell ist das allerdings selbst mit dicksohligen Schuhen fast unmöglich geworden. Der Dienst an Bord wird immer beschwerlicher. Das Wasser reicht nicht mehr aus, die Bretter abzukühlen, an denen die Flammen lecken und die sich auf ihren Balken krümmen. Das Harz des Holzes schwitzt um die Aststellen aus, die Fugen öffnen sich, und der durch die Hitze geschmolzene Teer läuft in seltsamen Windungen, je nach der Bewegung des Schiffes, überallhin.

Um das Unheil voll zu machen, springt der Wind plötzlich nach Nordosten um und weht mit aller Kraft. Es erhebt sich ein wahrhafter Orkan, wie er in jenen Gegenden nicht selten ist, und verschlägt uns von den Antillen, die unser Ziel sind. Robert Kurtis wird beizudrehen suchen, die Seen sind aber so schwer, daß die »Chancellor« den Schlägen von der Seite nicht zu widerstehen vermag.

Am 29. erreicht der Sturm seine größte Heftigkeit. In wilder Empörung schäumt der Ozean, und die Wellen überfluten die »Chancellor«. Ein jetzt ins Meer gelassenes Boot würde sofort umschlagen und sinken. Wir haben uns teils auf das Oberdeck, teils auf das Vorderkastell geflüchtet. Keiner spricht ein Wort. Das Kolli mit dem Pikrat haben wir

fast vergessen. Ich weiß wirklich nicht, ob die Explosion des Schiffes, die unsere angstvolle Lage auf einmal beenden würde, nicht zu wünschen wäre. Ich glaube hiermit die Gedanken aller übrigen auszusprechen. Wenn dem Menschen eine Gefahr lange Zeit droht, wünscht er sie endlich wohl herbei, denn die Erwartung einer unvermeidlichen Katastrophe ist stets schlimmer als die Wirklichkeit selbst.

Solange es noch Zeit war, hat Kapitän Kurtis eine gewisse Menge Nahrungsmittel aus der Kombüse, die man jetzt nicht mehr betreten kann, herausschaffen lassen. Schon hat die Hitze viel davon verdorben. Doch sind einige Fässer Salzfleisch und Schiffszwieback, ein Tönnchen Branntwein und einige Behälter mit Wasser auf dem Deck untergebracht worden, denen man etwas an Decken, Instrumenten, einen Kompaß und Segelleinwand hinzugefügt hat, um im Fall der Not das Fahrzeug sofort verlassen zu können.

Um acht Uhr abends hören wir trotz des tobenden Orkans ein entsetzliches Geräusch. Die Luken des Decks haben sich unter dem Druck der erhitzten Luft gehoben, und schwarzer Rauch wirbelt empor, so wie der Dampf dem Sicherheitsventil an einem Dampfkessel entströmt.

Die Mannschaft eilt auf Robert Kurtis zu, als erwarte sie seine Befehle. Ein einziger Gedanke erfaßt uns, der, diesen Vulkan, der sich unter unseren Füßen öffnet, zu fliehen!

Robert Kurtis schaut auf den Ozean hinaus, dessen Wogen sich schäumend brechen. Der Schaluppe vermag man sich jetzt nicht einmal zu nähern; nur das Boot, das in den Kranen an der Steuerbordseite hängt, ist zu erreichen und die kleine Jolle am Heck des Schiffes. Die Matrosen stürzen auf das Boot zu.

»Nein«, ruft ihnen Robert Kurtis zu, »nein! Das wäre ein zu verwegenes Spiel, sich jetzt dem Meer anzuvertrauen!«

Einige Matrosen, Owen an der Spitze, wollen dennoch, halb von Sinnen, das Boot ins Meer lassen. Da eilt Robert Kurtis zum Oberdeck und ergreift eine Axt.

»Dem ersten, der an die Taue rührt«, ruft er, »zerspalte ich den Schädel!«

Die Matrosen ziehen sich zurück. Einige klettern in die Wanten, andere fliehen bis in die Mastkörbe.

Um elf Uhr hört man im Laderaum heftige Detonationen. Die Zwischenwände springen und öffnen der heißen Luft und dem Rauch den Weg. Rauch dringt aus der Treppenkappe der Mannschaftskajüte, und eine lange Flamme leckt am Besanmast hoch.

Da ertönt ein Schrei. Mrs. Kear verläßt, unterstützt von Miß Herbey, ihre Kabine, die das Feuer erreicht. Dann erscheint Silas Huntly, das Gesicht von Rauch geschwärzt, und ruhig begibt er sich, nach einem Gruß zu Robert Kurtis, in die Wanten des Besanmastes.

Das Erscheinen Silas Huntlys erinnert mich noch an einen anderen Menschen, der unter dem Oberdeck eingeschlossen geblieben ist, in der Kabine, die die Flammen in kurzer Zeit verzehren müssen.

Soll man den unglücklichen Ruby umkommen lassen? Ich eile zur Treppe, da zeigt sich der Irrsinnige, der seine Fesseln gesprengt hat, schon mit verbrannten Haaren und brennenden Kleidern. Ohne einen Schrei auszustoßen, geht er auf dem Deck herum. Er spürt nichts von dem glühendheißen Deck. Er stürzt sich in die Rauchwirbel hinein, der Rauch erstickt ihn nicht! Er macht den Eindruck eines menschlichen Salamanders, der durch die Flammen geht! Eine weitere Detonation! Die Schaluppe birst; die Luke in der Mitte fliegt hoch und zerreißt die übergedeckten Segelstücke. Eine Feuergarbe schießt bis zur halben Höhe des Großmastes empor.

Da stößt der Irrsinnige ein schreckliches Geschrei aus und ruft:

»Das Pikrat! Das Pikrat! Wir fliegen alle in die Luft! Alle! Alle . . .!«

Noch ehe es möglich ist, ihn zurückzuhalten, springt er durch die Luke in den glühenden Abgrund.

VIERZEHNTES KAPITEL

Während der Nacht des 29. Oktober

Die Szene war schrecklich, und sie erfüllte trotz der verzweifelten allgemeinen Lage jedermann mit Entsetzen.

Ruby existiert nicht mehr, doch eins seiner letzten Worte sollte die traurigsten Folgen haben.

Die Matrosen haben ihn rufen hören: »Das Pikrat! Das Pikrat!« Sie sind unterrichtet, daß das Schiff jede Minute in die Luft fliegen kann und daß sie nicht nur das Feuer, sondern auch die gräßlichste Explosion bedroht.

Einige Leute, die außer sich sind, wollen um jeden Preis und ohne Verzug das Schiff verlassen.

»Das Boot! Das Boot!« rufen sie.

Sie sehen es nicht, nein, sie wollen es nicht sehen, diese Verblendeten, daß das Meer in wilder Empörung ist, daß kein Boot ihm trotzen könnte, daß es von den furchtbaren, schäumenden Wellen verschlungen würde. Nichts vermag sie zurückzuhalten, sie hören die Stimme ihres Kapitäns nicht mehr.

Robert Kurtis eilt mitten unter seine Mannschaft. Vergebens. Der Matrose Owen hetzt seine Kameraden auf. Die Leinen des Bootes werden gelöst, und das kleine Boot wird hinausgeworfen.

Einen Augenblick schwankt es in der Luft und schlägt durch das Rollen unseres Schiffes gegen seine Aufhängung. Die Matrosen stoßen es ab; eben, als es schon fast das Wasser berührt, erfaßt es eine ungeheure Welle von unten, entfernt es zunächst ein wenig und schleudert es dann mit solcher Gewalt gegen die »Chancellor«, daß es zertrümmert wird.

Schaluppe und Boot sind nun zerstört; es bleibt uns nichts mehr als die kleine zerbrechliche Jolle.

Wie vom Donner gerührt stehen die Matrosen. Man hört nichts mehr als das Pfeifen des Winds im Takelwerk und das Prasseln der Flammen. Tief gähnt der Glutofen in der Mitte des Fahrzeugs, und Ströme von Dampf und Rauch wälzen sich aus der Luke empor. Man kann nicht mehr vom Vorderkastell bis zum Oberdeck sehen, eine Barriere von Feuer trennt die »Chancellor« in zwei Teile.

Die Passagiere und zwei oder drei von der Mannschaft haben sich zum Oberdeck geflüchtet.

Mrs. Kear liegt ohne Bewußtsein ausgestreckt da, Miß Herbey weicht nicht von ihrer Seite. Mr. Letourneur hält seinen Sohn in den Armen. Eine nervöse Erregtheit hat sich meiner bemächtigt, die ich nicht zu bezwingen vermag. Der Ingenieur Falsten sieht seelenruhig nach der Uhr und trägt die Zeit in sein Notizbuch ein.

Was mag auf dem Vorschiff vorgehen, wo sich ohne Zweifel der Leutnant, der Hochbootsmann und die andern der Mannschaft befinden, die wir nicht zu sehen vermögen? Zwischen den beiden Hälften des Fahrzeugs ist jede Verbindung unterbrochen, und niemand könnte durch die Wand von Flammen dringen, die aus den Luken emporwirbelt.

Ich nähere mich Robert Kurtis.

»Alles verloren?« frage ich ihn.

»Nein«, antwortet er, »da die Luke einmal offen ist, werden wir versuchen, Wasser in die Glut zu leiten und sie vielleicht zu löschen.«

»Wer soll denn auf dem brennenden Deck die Pumpen bedienen, Mister Kurtis? Wie wollen Sie den Matrosen durch jene Flammen hindurch Ihre Befehle zukommen lassen?«

Robert Kurtis erwidert kein Wort.

»Es ist alles verloren, nicht wahr?« frage ich noch einmal.

»Nein, Herr«, sagt Robert Kurtis, »nein, solange ich noch ein Brett unter meinen Füßen fühle, verzweifle ich nicht!«

Die Wut des Feuers nimmt zu, die Wellen des Meers färben sich mit rötlichem Schein, genauso wie die niedrigen Wolken. Lange Feuerstrahlen schießen jetzt aus den Deckskuken, und wir haben uns auf das Hinterschiff zurückgezogen.

Mrs. Kear ist in der Jolle niedergelegt worden, die noch an ihren Trägern hängt, und Miß Herbey hat neben ihr Platz genommen.

Welch entsetzliche Nacht! Welche Feder wäre imstande, ihre Schrekken zu schildern!

Der entfesselte Orkan bläst wie ein ungeheurer Ventilator in diesen Schmelzofen. Die »Chancellor«, obwohl sie schon viel Segel eingebüßt hat, fliegt wie ein riesiger Brander durch die Finsternis dahin. Wir haben offenbar keine Wahl. Entweder ins Meer springen oder in den Flammen umkommen.

Aber das Pikrat fängt kein Feuer! Der Vulkan öffnet sich nicht unter unseren Füßen! Ruby hat doch wohl gelogen! Es ist gar kein Explosivstoff im Raum!

Um elf Uhr dreißig, das Meer tobt furchtbarer als je, hört man ein von den Seeleuten so gefürchtetes Scharren und Kratzen durch den Lärm der Elemente hindurch, und vom Bug her dringt ein Schrei bis zu uns.

»Riffe! Riffe auf der Steuerbordseite!«

Robert Kurtis springt auf das Schanzkleid, überfliegt mit einem raschen Blick die weißlichen Wellen und ruft mit lautester, gebieterischer Stimme:

»Backbord das Ruder! Backbord!«

Doch es ist zu spät. Ich fühle, wie uns eine ungeheure Welle emporhebt und ein plötzlicher Stoß erfolgt. Das Schiff schleift mit dem Hinterteil, stößt wiederholt auf, und der Besanmast stürzt, dicht über Deck abbrechend, ins Meer.

Die »Chancellor« sitzt unbeweglich fest!

FÜNFZEHNTES KAPITEL

Fortsetzung der Nacht des 29. Oktober

Noch ist es nicht Mitternacht, kein Mond am Himmel, rings tiefes Dunkel. Wo das Schiff aufgefahren ist, wissen wir nicht. Ob es wohl, durch den Sturm verschlagen, wieder an die Küste Amerikas getrieben ist? Zeigt sich vielleicht, wenn es Tag wird, Land?

Ich habe gesagt, daß die »Chancellor«, nachdem sie wiederholt aufgestoßen ist, unbeweglich sitzengeblieben ist. Bald darauf belehrt Robert Kurtis ein Geräusch von rasselnden Ketten: Man läßt die Anker fallen.

»Gut, gut«, sagt er, »der Leutnant und der Bootsmann haben das Richtige getan, hoffentlich werden die Anker fassen!«

Dann sehe ich Robert Kurtis auf dem Schanzkleid stehen, er läuft, bis ihm die Flammen jedes Weitergehen verwehren. Er gleitet auf die Rüsten an Steuerbord, wohin das Schiff geneigt liegt, und hält sich dort einige Minuten, obwohl ihn das Meer mit Wellen überspült. Ich sehe, wie er aufmerksam horcht. Man sollte meinen, er höre ein eigentümliches Geräusch neben dem Geheul des Sturms.

Nach einer Viertelstunde kehrt Robert Kurtis zum Oberdeck zurück.

»Es dringt Wasser ein«, sagt er zu mir, »und dieses Wasser – Gott stehe uns bei – wird vielleicht das Feuer bewältigen!«

»Und nachher?« frage ich.

»Mister Kazallon«, antwortet er, »nachher, wie Gott will. Wir denken jetzt nur an das nächste!«

Das Nächstliegende wäre nun wohl gewesen, sich mit Hilfe der Pumpen vom Stande des Wassers zu überzeugen, aber diese kann niemand mitten in dem Flammenmeer erreichen. Wahrscheinlich gestattet ein Leck am Boden des Fahrzeugs dem Wasser, in vollen Strömen einzudringen, denn es scheint mir, als vermindere sich das Feuer schon ein wenig. Man vernimmt jetzt ein ohrenbetäubendes Gezisch, ein Beweis, daß Feuer und Wasser miteinander kämpfen. Unzweifelhaft ist der Feuerherd erreicht, sind die tieferen Lagen der Baumwollballen schon überschwemmt. Nun wohl, möge dieses Wasser das Feuer löschen, dann werden wir auch mit ihm fertig zu werden wissen! Vielleicht ist es minder zu fürchten als das Feuer! Wasser ist ja des Seemanns Element, das er zu besiegen gewohnt ist!

Die nachfolgenden drei Stunden dieser Schreckensnacht verbringen wir in fürchterlicher Angst. Wo sind wir? Eins nur steht fest: daß jetzt Ebbe eintritt und sich die Wut der Wellen zu mäßigen beginnt. Die »Chancellor« muß eine Stunde nach der Flut aufgestoßen sein, doch ist das ohne Rechnung und Beobachtung nicht sicher zu bestimmen. Wenn es so ist, dürfen wir hoffen, daß das Schiff, wenn das Feuer gelöscht ist, bei steigender Flut wieder flott wird.

Gegen vier Uhr dreißig morgens vermindern sich die Flammen, die einen Vorhang zwischen dem Vor- und dem Hinterschiff gebildet haben, nach und nach, und wir erblicken eine geschwärzte Gruppe Menschen. Das ist die Mannschaft, die sich auf dem engen Vorderkastell zusammengedrängt hat. Bald wird die Verbindung zwischen beiden Teilen des Fahrzeugs wiederhergestellt, und der Leutnant und der Bootsmann kommen zu uns zum Oberdeck, indem sie auf dem Barkholz entlanggehen, da es noch unmöglich ist, den Fuß auf das Deck zu setzen.

Kapitän Kurtis, der Leutnant und der Hochbootsmann beraten in meiner Gegenwart und stimmen in dem einen Punkt völlig überein, daß vor Anbruch des Tages nichts zu unternehmen sei. Wenn das Land nicht weit entfernt und das Meer einigermaßen ruhig ist, wird man die Küste, und wäre es auf einem Floß, zu erreichen suchen. Wenn aber kein Land in Sicht, wenn die »Chancellor« auf einem einsamen Riff gestrandet ist, wird man sich bemühen, sie wieder flottzumachen, um dann die nächst gelegene Küste anzulaufen.

»Es ist jedoch sehr schwierig«, sagt Robert Kurtis, dessen Meinung auch von den beiden andern geteilt wird, »zu beurteilen, wo wir uns befinden. Der Wind wird die ›Chancellor‹ weit nach Süden verschlagen haben. Ich habe schon längere Zeit keine Messung der Sonnenhöhe vornehmen können, und da mir in diesem Teil des Atlantischen Ozeans keine Klippen bekannt sind, ist es nicht unwahrscheinlich, daß wir an irgendeinem Punkt Amerikas gestrandet sind.«

»Wir befinden uns aber immer«, werfe ich ein, »vor einer drohenden Explosion. Sollten wir die ›Chancellor‹ nicht verlassen und fliehen?«

»Auf dieses Riff etwa?« antwortet Robert Kurtis. »Welche Gestalt hat es? Wird es nicht zur Zeit der Flut überschwemmt? Können wir es bei dieser Dunkelheit überhaupt erkennen? Lassen Sie es erst hell werden, dann wollen wir davon reden.«

Ich teile dieses Wort Robert Kurtis' sofort den übrigen Passagieren mit. Sie sind freilich nicht besonders ruhiger Natur, aber keiner hat ein Einsehen für die neue Gefahr, die uns bedroht, wenn das Schiff auf ein in der offenen See isoliertes Riff gestoßen ist, das vielleicht Hunderte von Meilen vom Land entfernt liegt. Alle haben nur einen einzigen Gedanken, den, daß das Wasser jetzt erfolgreich gegen das Feuer ankämpft und also die Explosionsgefahr vermindert.

In der Tat dringt statt der leuchtenden Flammen jetzt dicker schwerer Rauch in feuchten Wirbeln aus der großen Luke herauf. Einige Feuerbüschel züngeln zwar noch manchmal zwischen dem Höllenqualm auf, doch sie verlöschen meist sofort wieder. Dem Prasseln und Knattern des Feuers folgt nun das Zischen des Wassers, das auf dem Herd im Innern verdampft. Sicher erfüllt jetzt das Meer das, was unsere Pumpen und Eimer niemals erreicht hätten, und dieses Feuer, das mitten in siebzehnhundert Ballen Baumwolle ausgebrochen ist, hat eben nur durch eine Überschwemmung überwunden werden können!

SECHZEHNTES KAPITEL

30. Oktober

Das erste Tageslicht beginnt den Horizont zu färben, durch den Dunst über dem Wasser bleibt der Blick jedoch auf einen engen Umkreis beschränkt. Kein Land ist in Sicht, und vergeblich schweifen unsre Augen nach Süden und Westen über den Ozean.

Jetzt ist Ebbe, das Schiff steht nur sechs Fuß tief im Wasser, während es bei voller Ladung sonst etwa fünfzehn Fuß tief eintaucht. Da und dort überragen einige Felsspitzen die Oberfläche des Meeres, und man erkennt aus einer gewissen Färbung des Grunds, daß dieses Riff aus Basalt aufgebaut ist. Wie aber ist die »Chancellor« auf dieses Riff geraten? Gewiß durch eine ungeheure Welle. Nachdem ich die Lagerung der Felsen, die uns umgeben, genauer betrachtet habe, stelle ich mir die Frage, wie wir von diesen Klippen wohl wieder loskommen werden. Das Schiff liegt vorn tiefer als hinten, wodurch das Gehen auf dem Deck sehr schwierig wird, und außerdem hat es sich mit der eingetretenen Ebbe sehr nach Backbord geneigt. Robert Kurtis hat sogar befürchtet, daß es bei tiefer Ebbe kentern würde; jetzt nimmt die seitliche Neigung aber nicht weiter zu, und unsre Besorgnis ist verschwunden.

Um sechs Uhr morgens machen sich ziemlich heftige Stöße bemerkbar. Sie rühren vom Besanmast her, der nach seinem Bruch erst weggetrieben wurde und jetzt wieder an die Breitseite der »Chancellor« schlägt. Zugleich hören wir wiederholt Schreie und vernehmen mehrmals den Namen »Robert Kurtis«.

Wir blicken in die Richtung, aus der die Rufe zu kommen scheinen, und sehen einen Mann, der sich an den Mastkorb klammert. Es ist Silas Huntly, den der Sturz des Mastes mitgerissen und ein Wunder vorm Tod bewahrt hat.

Robert Kurtis eilt seinem früheren Kapitän zu Hilfe und bringt ihn, tausend Gefahren trotzend, glücklich an Bord zurück. Ohne ein Wort zu sprechen, setzt sich Silas Huntly sofort in die entlegenste Ecke des Oberdecks. Der Mann ist völlig passiv geworden; er zählt nicht mehr mit.

Nach manchen Anstrengungen gelingt es, den Mast unter den Wind zu bringen, wonach er mit dem Schiff, dessen Planken er dann nicht mehr bedroht, fest verbunden wird. Vielleicht vermag dieses Trümmerstück uns noch Dienste zu leisten, wer mag das wissen?

Es ist nun völlig Tag geworden; die Nebel steigen. Schon kann man etwa drei Meilen weit sehen, doch nichts zeigt sich, was einer Küste ähnelt. Im Norden nur taucht eine Art Eiland auf. Seine unregelmäßige Gestalt verdankt es einer Aufhäufung von Felsmassen, die sich etwa zweihundert Faden von der Stelle, an der die »Chancellor« gestrandet ist, zu einer Höhe von vielleicht fünfzig Fuß erhebt. Sie muß also auch die stärkste Hochflut überragen. Ein sehr schmaler, doch bei niedrigem Wasser gangbarer Weg eröffnet sich uns für den Notfall zu jenem Eiland. Dahinter nimmt das Meer wieder eine dunklere Färbung an. Dort ist tiefes Wasser; dort endet das Riff.

Eine schmerzliche Enttäuschung, gerechtfertigt durch die Lage des Fahrzeugs, bemächtigt sich aller. Es ist wirklich zu fürchten, daß diese Klippen mit keinem benachbarten Land in Verbindung stehen.

In diesem Augenblick – es ist sieben Uhr – ist nun heller Tag, der Dunst ist verschwunden. Deutlich zeichnet sich der Horizont rund um die »Chancellor« ab, aber die Grenze von Wasser und Himmel verschwimmt ineinander, und das Meer erfüllt den ganzen weiten Raum.

Unbeweglich beobachtet Robert Kurtis den Ozean, vor allem im Westen. Mr. Letourneur und ich stehen nahe beisammen, achten auf seine geringsten Bewegungen und erraten alle Gedanken, die sich in seinem Gehirn jagen. Sein Erstaunen scheint groß zu sein, denn er hat uns nahe dem Land geglaubt, da das Schiff von den Bermudas aus immer nach Süden getrieben ist, und doch ist kein Land in Sicht.

In diesem Augenblick verläßt Robert Kurtis das Oberdeck, begibt sich auf das Schanzkleid bis zu den Wanten des Großmastes, klettert hinauf, so weit er kann, und läßt dann seinen Blick aufmerksam über den ganzen Umkreis schweifen. Nach einigen Minuten kommt er wieder zu uns zurück.

Wir sehen ihn fragend an.

»Kein Land!« sagt er kalt.

Da tritt Mr. Kear vor und spricht in offenbar übler Laune:

»Wo sind wir, Herr?«

»Das weiß ich nicht, mein Herr!«

»Das sollten Sie jedoch wissen!« erwidert der Ölbaron ärgerlich.

»Möglich, aber ich weiß es nicht!«

»Nun«, fährt Mr. Kear fort, »so hören Sie denn, daß ich keine Lust habe, ewig auf Ihrem Schiff zu bleiben, mein Herr, und ich erwarte von Ihnen, daß Sie nun weitersegeln!«

Robert Kurtis begnügt sich, die Schultern zu zucken.

Dann wendet er sich an Mr. Letourneur und an mich:

»Wenn sich die Sonne zeigt«, sagt er, »werde ich eine Aufnahme ausführen, und wir werden dann erfahren, auf welchem Punkt des Atlantischen Ozeans wir uns befinden!«

Hierauf läßt Robert Kurtis an die Passagiere und die Mannschaft Lebensmittel verteilen. Wir brauchen sie recht nötig, denn alle sind von Hunger und Anstrengung erschöpft. Es wird Schiffszwieback und etwas konserviertes Fleisch genossen, worauf der Kapitän sofort gewisse Maßnahmen vorbereitet, um das Schiff wieder flottzumachen.

Das Feuer hat sich jetzt noch weiter vermindert, und keine Flammen dringen mehr nach außen. Außerdem raucht es nicht mehr so sehr. Gewiß steht im Kielraum der »Chancellor« viel Wasser, doch kann man sich darüber nicht vergewissern, da man das Deck immer noch nicht zu betreten vermag.

Deshalb läßt Robert Kurtis die glühendheißen Planken begießen, und nach zwei Stunden können die Matrosen wieder auf das Deck.

Jetzt ist es die große Sorge, zu sondieren, eine Arbeit, der sich der Hochbootsmann unterzieht. Seiner Messung nach stehen fünf Fuß Wasser im Raum; der Kapitän läßt es jedoch noch nicht auspumpen, da er will, daß es seine Arbeit ganz vollende. Erst mit dem Feuer fertig werden, mit dem Wasser später.

Wäre es nun klug, das Schiff sofort zu verlassen und die Klippe aufzusuchen? Kapitän Kurtis' Ansicht, der auch der Leutnant und der Hochbootsmann zustimmen, ist das nicht. Wirklich, bei schwerem Wellengang dürfte die Position selbst auf den höchsten Felsen nicht haltbar sein. Die Wahrscheinlichkeit einer Explosion des Fahrzeugs ist ja wesentlich gemindert; gewiß hat das Wasser im Laderaum eine solche Höhe erreicht, daß Rubys Gepäck und damit auch sein Kolli mit Pikrat überschwemmt sind. Es wird also entschieden, daß weder die Mannschaft noch die Passagiere die »Chancellor« verlassen.

Dafür bemüht man sich, auf dem Oberdeck eine Art Lagerstätte herzurichten, und für die beiden Damen werden einige vom Feuer verschonte Matratzen dorthin geschafft. Die Mannschaft, die ihre Habseligkeiten gerettet hat, bringt diese unter das Vorderkastell. Dort soll auch der Schlafraum sein, da die Kajüte der Leute unbewohnbar geworden ist.

Zum Glück sind die Zerstörungen in der Kombüse weniger umfänglich, als man angenommen hatte. Die Lebensmittel, ebenso die Wasserfässer hat das Feuer zum großen Teil verschont. Das ganz vorn im Bug liegende Segelmagazin erweist sich als völlig unversehrt.

Vielleicht stehen wir vor dem Ende unserer Prüfungen. Man ist fast versucht, das zu glauben, denn seit dem Morgen hat sich der Wind bedeutend abgeschwächt und der Seegang merklich gemäßigt. Und das ist ein ganz besonders günstiger Umstand, denn wenn die »Chancellor« jetzt heftige Wellenstöße träfen, müßte sie an dem harten Basalt zerschellen.

Mit den Herren Letourneur habe ich ausführlich über die Schiffsoffiziere gesprochen, ebenso über die Mannschaft und über das Benehmen aller in dieser Zeit der Gefahr. Alle haben Proben des Muts und der tatkräftigen Entschlossenheit abgelegt. Der Leutnant Walter, der Hochbootsmann und der Schiffszimmermann Douglas zeichneten sich ganz besonders aus, das sind wackere Männer, gute Seeleute, auf die man sich verlassen kann. Robert Kurtis ist über jedes Lob erhaben. Jetzt, wie immer, ist er überall zur Hand; Schwierigkeiten bieten sich nur, um von ihm überwunden zu werden; durch Wort und Tat feuert er seine Matrosen an; er bildet gleichsam die Seele der Mannschaft, die nur durch ihn handelt.

Seit sieben Uhr morgens hat das Meer inzwischen wieder begonnen zu steigen; jetzt, um elf Uhr, sind die Spitzen der Felsen bei der Flut alle verschwunden. Es ist zu erwarten, daß das Wasser im Schiffsraum um ebensoviel steigen wird wie das Meer außerhalb. Das geschieht wirklich. Die Sonde ergibt neun Fuß, und wiederum sind neue Schichten der Ballen überschwemmt, worüber wir uns jedoch nur Glück wünschen.

Seit Eintritt der vollen Flut ist der größte Teil der das Schiff umgebenden Felsmassen untergetaucht; nur die Umfassung einer Art kleinen Beckens bleibt noch sichtbar, das einen Durchmesser von zweihundertfünfzig bis dreihundert Fuß hat und dessen nördlichen Winkel die »Chancellor« einnimmt. Das Meer erscheint recht ruhig, und seine Wellen gelangen nicht bis zum Schiff – glücklicher Umstand, denn da es unbeweglich festliegt, würde es ebenso wie eine Klippe gepeitscht werden.

Um elf Uhr dreißig wird die Sonne, die bis dahin von einigen Wolken verdeckt geblieben ist, recht zur gelegenen Zeit sichtbar. Schon am Morgen gelang es dem Kapitän, einen Stundenwinkel zu messen, jetzt bereitet er sich zur Aufnahme der Mittagshöhe, die er um zwölf Uhr ermittelt.

Er begibt sich in seine Kabine, führt die nötigen Berechnungen aus und kommt zum Oberdeck zurück.

»Wir befinden uns«, meldet er dann, »unter achtzehn Grad fünfundvierzig Minuten nördlicher Breite und fünfundvierzig Grad dreiundfünfzig Minuten westlicher Länge.«

Der Kapitän erläutert unsere Lage denjenigen, die mit der Bedeutung dieser Zahlen weniger vertraut sind. Robert Kurtis sucht mit Recht nichts zu verheimlichen, er will, daß sich jeder darüber klar ist, was er unter den gegebenen Verhältnissen zu erwarten hat.

Die »Chancellor« ist also unter 18° 45′ nördlicher Breite und 45° 53′ westlicher Länge auf einem noch auf keiner Seekarte verzeichneten Riff gescheitert. Wie aber kann ein solches Riff in diesem Teil des Atlantischen Ozeans vorhanden sein, ohne daß man von ihm Kenntnis hat? Sollte das Eiland erst in jüngerer Zeit durch tektonische Verschiebungen entstanden sein? Ich wenigstens sehe keine andere Erklärung dieser Tatsache.

Doch dem sei, wie es wolle, jedenfalls befindet sich das Eiland mindestens achthundert Meilen von Guayana, das ist das nächst benachbarte Land, entfernt. Die Eintragung des Punktes auf der Karte hat das unzweifelhaft ergeben.

Die »Chancellor« ist also bis zum achtzehnten Breitengrad nach Süden hinabgelangt, zuerst infolge der sinnlosen Hartnäckigkeit Silas Huntlys, danach durch den Sturm. Die »Chancellor« hat demnach noch achthundert Meilen weit zu segeln, bevor sie das nächst gelegene Land anlaufen kann.

So gestaltet sich unsere Lage. Sie ist wohl ernst, doch hat die offenherzige Mitteilung des Kapitäns keinen üblen Eindruck gemacht, wenigstens für den Augenblick. Welch neue Gefahren hätten uns auch so bedrohlich erscheinen können, nachdem wir dem Feuer und der Explosion so glücklich entgangen sind? Jedermann vergißt, daß der Laderaum mit Wasser gefüllt ist, daß das rettende Land uns so fern liegt, daß die »Chancellor«, wenn sie wieder flott wird, leicht sinken kann. Jetzt stehen die Gemüter noch unter dem Eindruck des jüngsten Schreckens und neigen in einem Augenblick der Ruhe weit mehr zum Vertrauen hin.

Was wird Robert Kurtis zunächst vornehmen? Ganz einfach das, was der gesunde Menschenverstand empfiehlt: das Feuer völlig löschen, die Fracht, oder doch einen Teil, über Bord werfen, das Kolli mit Pikrat nicht zu vergessen, das Leck verschließen und, wenn das Schiff leichter geworden ist, es unter Mithilfe der Flut wieder flottzumachen versuchen.

SIEBZEHNTES KAPITEL

Fortsetzung vom 30. Oktober

Gelegentlich eines unsere jetzige Lage betreffenden Gesprächs mit Mr. Letourneur habe ich ihm die Versicherung geben zu können geglaubt, daß unser Aufenthalt auf dem Riff nur von kurzer Dauer sein werde, wenn uns die Umstände nur irgend begünstigten. Mr. Letourneur scheint freilich nicht meiner Ansicht zu sein.

»Im Gegenteil«, sagt er, »ich glaube, wir werden auf diesem Felsen lange Zeit zu bleiben gezwungen sein.«

»Und warum?« erwidere ich. »Einige hundert Ballen Baumwolle über Bord zu werfen ist doch weder eine lange noch allzu beschwerliche Arbeit, die in zwei bis drei Tagen recht wohl geschehen sein kann.«

»Gewiß, Mister Kazallon, das möchte schnell genug gehen, wenn sich die Mannschaft nur heute schon ans Werk machen würde. Vorläufig allerdings ist es absolut unmöglich, in den Laderaum der ›Chancellor‹ hinabzusteigen, und wer weiß, ob nicht mehrere Tage vergehen, ehe sich das ändert, da die Ladung noch immer brennt. Übrigens, wenn wir nun wirklich Herr des Feuers geworden sind, werden wir deshalb auch weiterfahren können? Nein; erst muß das Leck, das sehr groß sein dürfte, verschlossen werden, und zwar mit aller Sorgfalt, wenn wir nicht sinken wollen, nachdem wir der Gefahr zu verbrennen entgangen sind. Nein, nein, Mister Kazallon, ich mache mir keine Illusionen und werde es als einen glücklichen Umstand betrachten, wenn wir das Riff nach drei Wochen wirklich verlassen haben werden. Nun gebe nur der Himmel, daß kein Sturm ausbricht, noch bevor wir wieder flott sind, denn die ›Chancellor‹ müßte an diesen Klippen wie Glas zerschellen!«

In der Tat ist hierin die größte Gefahr zu suchen, die uns droht. Das Feuer wird nun vollends gelöscht, das Fahrzeug wieder flottgemacht werden, mindestens haben wir allen Grund, es zu glauben – aber wir leben vorläufig von der Gnade eines Windstoßes! Zugegeben auch, daß der höchste Teil des nahen Riffs während eines Sturms als Zuflucht dienen könnte, was sollte sonst aus den Passagieren und der Mannschaft der »Chancellor« werden, wenn ihr Schiff in Stücke ginge!

»Mister Letourneur«, habe ich diesen darauf gefragt, »Sie haben Vertrauen zu Robert Kurtis?«

»Aber ja, Mister Kazallon. Und ich danke Gott, daß ihm Kapitän Huntly das Kommando des Schiffes abgetreten hat. Ich bin überzeugt, daß Robert Kurtis alles tun wird, was nötig und möglich ist, um uns aus dieser schlimmen Lage zu reißen.«

Auf meine Frage an den Kapitän, wie lange er meint, daß wir hierbleiben müßten, antwortet er, er sei das jetzt, da es von verschiedenen Umständen abhängt, noch nicht imstande abzuschätzen, er hoffe jedoch wenigstens, daß die Witterung nicht allzu ungünstig werde.

Wirklich steigt das Barometer ununterbrochen, ein Vorzeichen dauernder Ruhe – ein wahres Glück für die nötigen Arbeiten.

Übrigens wird keine Stunde vergeudet, und jeder geht freudig an seine Tätigkeit.

Vor allem hat Robert Kurtis die Absicht, das Feuer, das noch in den oberen Lagen der Baumwollballen, über dem Wasser im Laderaum, brennt, endgültig zum Erlöschen zu bringen. Freilich kann dabei die Ladung nicht geschont werden. Oberstes Gebot ist die Sicherheit der Menschen allein, die sich an Bord befinden. Die Pumpen beginnen ihr Werk also aufs neue.

Vorläufig reicht die Mannschaft zur Bedienung der Pumpen aus. Die Passagiere werden nicht zu dieser Arbeit herangezogen, obgleich wir alle zur Hilfe bereit sind, und unsere Unterstützung dürfte nicht zu unterschätzen sein, wenn das Schiff entladen werden sollte. Die Mr. Letourneur und ich, wir verbringen unsere Zeit entweder mit Plaudern oder mit Lektüre, und außerdem verwende ich tagtäglich einige Stunden auf die Fortführung meines Tagebuchs. Der wenig mitteilsame Ingenieur Falsten ist ganz von seinen Ziffern in Anspruch genommen und entwirft fortwährend irgendwelche Maschinen. Wenn es doch dem Himmel gefiele, ihn einen Apparat ersinnen zu lassen, der die »Chancellor« wieder flottzumachen vermöchte! Die beiden Kear halten sich abseits und ersparen uns dadurch das langweilige Anhören ihrer unablässigen Entschädigungsansprüche; leider ist auch Miß Herbey genötigt, an der Seite jener zu verbleiben, und so sehen wir das junge Mädchen sehr wenig oder gar nicht. Silas Huntly kümmert sich um nichts, was mit dem Schiff zu tun hat, der Seemann in ihm ist gestorben; der Mann vegetiert nur noch mühsam. Der Steward Hobbart versieht seinen Dienst wie gewöhnlich, als befinde sich das Schiff auf der regelmäßigen Überfahrt. Dieser Hobbart ist ein unterwürfiger Kriecher und unterscheidet sich sehr auffallend vom Koch Jynxtrop, einem häßlichen Kerl mit brutalen und unverschämten Manieren, der sich mehr als nötig zu den Matrosen hält.

Zerstreuungen können an Bord natürlich nicht allzu häufig sein. Da kommt mir zum Glück der Gedanke, das unbekannte Riff, auf dem die »Chancellor« gestrandet ist, näher zu untersuchen. Der Ausflug wird weder weit sein noch besondere Abwechslung bieten, doch gibt er Gelegenheit, das Schiff auf einige Stunden zu verlassen und einen Boden zu untersuchen, der einen interessanten Ursprung haben muß.

Übrigens ist es wichtig, daß die Lage dieses Riffs, das man noch auf keiner Karte verzeichnet findet, sorgfältig aufgenommen wird. Ich glaube mit den Herren Letourneur diese hydrographische Arbeit ausführen zu können, wobei wir Kapitän Kurtis natürlich die Sorge überlassen, sie durch genaue Aufnahme der geographischen Länge und Breite zu vervollständigen.

Die Herren Letourneur stimmen meinem Vorschlag zu. Die Jolle und ein Tieflot werden uns zur Verfügung gestellt, dazu ein Matrose, und am Morgen des 31. Oktober verlassen wir die »Chancellor«.

ACHTZEHNTES KAPITEL

31. Oktober bis 5. November

Wir haben damit begonnen, das Riff, dessen Länge eine Viertelmeile betragen mag, zu umfahren.

Das ist bald beendet, und wir bestätigen, die Sonde in der Hand, daß die Ränder des Gesteins unter Wasser sehr steil abfallen, und es unterliegt kaum einem Zweifel, daß eine auf vulkanische Kräfte zurückzuführende plötzliche Erhebung, ein heftiger Druck von unten, das Riff gebildet hat.

Auch über den vulkanischen Ursprung des gesamten Eilands ist kaum zu streiten. Durchweg besteht es aus ungeheuren Basaltblöcken, deren regelmäßige Prismen ihm das Aussehen einer gigantischen Kristallisation verleihen. Das Meer ist rund um den Rand des Riffs wunderbar durchsichtig und läßt die sonderbaren Bündel prismatischer Schafte erkennen, die den merkwürdigen Bau tragen.

»Das ist ein eigentümliches Gebilde«, bemerkt Mr. Letourneur, »und gewiß neueren Ursprungs.«

»Ohne Zweifel, Vater«, antwortet André, »und ich füge hinzu, daß es dieselbe Ursache, der zum Beispiel die Insel Julia an der Küste Siziliens und die Insel Santorin im griechischen Archipel ihre Entstehung verdanken, gewesen ist, die dieses Eiland erschaffen hat, auf dem nun die ›Chancellor‹ gestrandet ist.«

»Eine Bodenerhebung in jüngster Zeit in diesem Teil des Atlantischen Ozeans«, bestätige ich, »muß offenbar stattgefunden haben, da dieses Riff auch auf den neuesten Karten nicht verzeichnet ist, wie sollte es sonst den Augen der Seeleute in dieser vielbefahrenen Gegend des Ozeans bis jetzt entgangen sein. Wir wollen es deshalb sorgfältig untersuchen und seine Lage bekanntgeben.«

»Wer weiß, ob es infolge eines ähnlichen Prozesses wie dessen, der es erschuf, nicht auch bald wieder verschwinden wird?« antwortet André Letourneur. »Sie wissen, Mister Kazallon, daß solche vulkanischen Inseln häufig nur von kurzem Bestand sind, und wenn die Geographen diese hier in ihre Karten eingetragen haben, existieren sie vielleicht schon nicht mehr.«

»Das tut nichts, André«, wendet Mister Letourneur ein. »Es ist besser, vor einer nicht mehr vorhandenen Gefahr zu warnen, als eine tatsächlich bestehende geringschätzig zu übergehen, und die Seeleute werden sich deshalb nicht beklagen, wenn sie ein Riff nicht mehr da antreffen, wo wir es fanden.«

»Du hast recht, Vater«, erwidert André. »Es ist ja auch möglich, daß es weiterexistiert. Wenn es aber verschwindet, dann würde es Kapitän Kurtis gewiß gern sehen, daß es erst dann geschieht, wenn er den Schaden am Schiff ausgebessert hat, denn das würde ihm die Mühe ersparen, die ›Chancellor‹ wieder flottzumachen.«

»Wahrlich, André«, rufe ich scherzend, »Sie wollen wohl mit der Natur ganz nach eigenem Gutdünken schalten und walten! Sie verlangen, daß jene ein Riff nach Ihrem Willen hebt oder senkt, und nachdem sie diese Felskanten ganz speziell geschaffen hat, damit wir die brennende ›Chancellor‹ löschen können, mag sie das Riff, wie auf eine Berührung mit der Wünschelrute, wieder versenken?«

»Nein, nein, Mister Kazallon«, erwidert der junge Mann lächelnd, »ich will gar nichts als Gott danken, daß er uns so sichtbar beschützt hat. Er hat unser Fahrzeug auf dieses Riff geworfen, und er wird es schon wieder schwimmen lassen, wenn die Zeit dazu gekommen ist.«

»Und wir werden dazu mit allen Kräften helfen, nicht wahr, meine Freunde?«

»Gewiß, Mister Kazallon«, erwidert Mr. Letourneur, »denn es ist eine unabweisliche Pflicht, sich selbst zu helfen; dennoch tut André recht daran, sein Vertrauen auf Gott zu setzen. Wenn sich der Mensch auf das Meer hinauswagt, wendet er die ihm verliehenen Fähigkeiten in weitestem Umfang an; auf dem grenzenlosen Ozean fühlt er aber auch, wenn die Elemente sich entfesseln, wie zerbrechlich das Fahrzeug, das ihn trägt, wie schwach und ohnmächtig er selbst ist! Deshalb meine ich, sollte die Devise des Seemanns lauten: Vertrauen zu sich selbst und Glauben an Gott!«

»Wie wahr ist das, Mister Letourneur«, antworte ich. »Auch glaube ich, es wird nur wenig Seeleute geben, die sich religiösen Eindrücken hartnäckig verschließen!«

So reden wir und untersuchen dabei die Felsmassen, die die Basis des Eilands bilden, mit aller Sorgfalt und überzeugen uns immer mehr davon, daß sie neueren Ursprungs sind. Nirgends finden wir eine Muschel oder ein Varecbüschel an den Basaltwänden. Liebhaber der Tier- und der Pflanzenwelt kommen bei der Durchforschung dieser Steinhaufen schwerlich auf ihre Kosten, hier, wo weder das Tier- noch das Pflanzenreich seinen Stempel aufgedrückt hat. Schaltiere fehlen ebenso völlig wie Wasserpflanzen. Noch hat der Wind kein Samenkörnchen hierhergeweht und haben die Seevögel hier kein Obdach gesucht. Dem Geologen allein böte sich vielleicht Stoff zu interessanten Forschungen über dieses basaltische Gebilde, dem die Spuren seines vulkanischen Ursprungs unvermischt aufgeprägt sind.

Eben jetzt erreicht unser Boot die Südspitze des Eilands, neben der die »Chancellor« aufgelaufen ist. Ich schlage meinen Begleitern vor, das Land zu betreten, und sie gehen mit großem Vergnügen darauf ein.

»Falls das Eiland wieder untergehen sollte«, sagt André lachend, »müssen ihm menschliche Wesen wenigstens einmal einen Besuch abgestattet haben!«

Das Boot landet, und wir begeben uns auf den Basaltfelsen. André geht bei dem ziemlich bequem zu ersteigenden Steinboden voraus; der junge Mann braucht keinen Arm, der ihn stützt. Sein Vater bleibt etwas hinter ihm, in meiner Nähe, zurück, und so erklimmen wir das Riff auf einem sanften Abhang, der zu seinem Gipfel emporführt.

In einer Viertelstunde legen wir die Entfernung bis dorthin zurück und setzen uns alle drei auf eine Basaltsäule, die den höchsten Felsen des Eilands krönt. André Letourneur zieht dann ein Notizbuch aus der Tasche und beginnt, das Riff, dessen Ränder sich von dem grünlichen Wasser deutlich vor unseren Augen abheben, sorgsam abzuzeichnen.

Der Himmel ist klar, und durch die Ebbe sind auch die letzten Felsvorsprünge im Süden entblößt, die eine schmale Straße zwischen sich lassen, die die »Chancellor« vor dem Auflaufen passiert hat.

Die Gestalt des gesamten Riffs erscheint sehr eigentümlich und erinnert lebhaft an die eines Yorker Schinkens, dessen mittlerer Teil bis zu der Höhe anschwillt, auf der wir jetzt sitzen.

Nachdem André die Umrisse des Eilands zu Papier gebracht hat, sagt sein Vater:

»Du zeichnest ja da einen Schinken, André!«

»Ja, Vater, aber einen Schinken aus Basalt, dessen Größe wohl auch einen Riesen zufriedenstellen würde, und wenn Kapitän Kurtis zustimmt, werden wir das Riff ›Ham-Rock‹ – Schinkenstein – taufen.«

»Herrlich«, rufe ich, »ein gut erfundener Name! Das Schinkensteinriff! Mögen sich ihm die Seefahrer immer in respektvoller Entfernung halten, denn ihre Zähne sind nicht hart genug, sich daran zu versuchen!«

An der Südspitze des Eilands ist die »Chancellor« aufgefahren, das heißt auf dem Knochen oder Stiel des Schinkens und in der kleinen Ausbuchtung, die seine Biegung bildet. Das Schiff liegt jetzt sehr nach Steuerbord geneigt, da es tiefe Ebbe ist.

Nachdem André seine Skizze vollendet hat, steigen wir über eine andere schiefe, nach Westen zu abfallende Ebene wieder hinab und treffen bald auf eine hübsche kleine Grotte. Zuerst möchte man sie für ein künstliches Werk halten, sie ähnelt sehr denen auf den Hebriden, besonders der Grotte auf der Insel Staffa. Die Herren Letourneur, die die Fingalshöhle besucht haben, vermeinen diese, wenn auch in kleinerem Maßstab, hier wiederzufinden; es ist die gleiche Anordnung konzentrischer Prismen, die durch die Erstarrung des Basalts entstanden sind; die gleiche Decke schwarzer Balken, deren Fugen mit einer gelblichen Masse verkittet scheinen; die gleiche Reinheit der Kristallkanten, wie sie der Meißel eines Bildhauers nicht sauberer herzustellen vermöchte, endlich das gleiche Klingen in den tönenden Basalten, aus denen die gälische Volkssage Harfen der Schatten Fingals gemacht hat. Auf Staffa bildet aber das Meer den Boden der Höhle, der hier nur bei sehr hoher Flut erreicht werden kann; eine Schicht von Basaltschäften stellt einen festen Grund dar.

»Übrigens«, bemerkt André Letourneur, »ist die Grotte auf Staffa eine ungeheure gotische Kathedrale, diese hier aber nur eine Kapelle im Vergleich zu jener. Wer hätte jedoch ein solches Wunder auf einem unbekannten Riff des Ozeans zu finden erwartet?«

Nach einstündigem Ausruhen in der Ham-Rock-Grotte gehen wir am Ufer des Eilands entlang und kehren zur »Chancellor« zurück. Robert Kurtis wird von den Resultaten unseres Ausflugs in Kenntnis gesetzt und verzeichnet auf der Karte das Eiland unter dem ihm von André Letourneur gegebenen Namen.

In den folgenden Tagen versäumen wir nicht, einen Spaziergang zur Ham-Rock-Grotte zu machen, in der wir so manche Stunde verbringen. Auch Robert Kurtis besucht sie, doch ist er jetzt mit hunderterlei andern Dingen zu sehr beschäftigt, als daß er Zeit hätte, die Natur zu bewundern. Falsten hat sich nur einmal dorthin begeben, um sich das Gestein anzuschauen und mit der für Schönheiten an sich unempfindlichen Ruhe des Geologen einige Brocken loszubrechen. Mr. Kear hat sich nicht darum bequemt, er ist an Bord geblieben. Mrs. Kear habe ich angeboten, uns bei einer solchen Exkursion zu begleiten, aber die Unannehmlichkeit, sich in das Boot zu bemühen und vielleicht einiger Anstrengungen ausgesetzt zu sein, hat sie veranlaßt, es abzuschlagen.

Mr. Letourneur hat auch Miß Herbey gefragt, ob sie Lust habe, das Riff zu besuchen. Das junge Mädchen glaubte dazu ja sagen zu dürfen, glücklich, der launischen Tyrannei ihrer Herrin, wenn auch nur auf eine kurze Stunde, zu entfliehen. Als sie aber Mrs. Kear um die Erlaubnis bittet, das Schiff verlassen zu dürfen, schlägt diese es ihr rundweg ab.

Mich ärgert das, und ich lege bei Mrs. Kear ein Wort für Miß Herbey ein. Ich habe zwar meine Not mit jener, da ich aber früher schon Gelegenheit gehabt habe, der Egoistin einige Dienste zu leisten, und sie nicht weiß, ob sie meiner vielleicht später wieder bedarf, gibt sie endlich meinen Bitten nach.

Miß Herbey begleitet uns also nun mehrere Male beim Spaziergang über die Felsen. Manchmal fischen wir auch am Ufer des Eilands und verzehren heiter ein Frühstück in der Grotte, wozu die Basaltharfen im Wind tönen. Wir sind selbst ganz beglückt über das Vergnügen Miß Herbeys, sich einige Stunden frei zu fühlen. Das Eiland ist gewiß nur klein, aber niemals ist dem jungen Mädchen etwas in der Welt größer erschienen. Auch wir lieben dieses dürre, trostlose Riff, und bald gibt es keinen Stein mehr, den wir nicht kennen, keinen Pfad, den wir nicht fröhlich gewandelt wären. Gegen die »Chancellor« gehalten, ist es immerhin eine großes Gebiet, und ich weiß bestimmt, daß wir es zur Stunde der Abfahrt nur ungern verlassen werden.

Was die Insel Staffa betrifft, teilt uns André Letourneur mit, daß sie der Familie MacDonald gehört, die sie für den jährlichen Zins von zwölf Pfund Sterling verpachtet hat.

»Nun, meine Herren«, sagt darauf Miß Herbey, »glauben Sie, daß man für diese hier mehr als eine halbe Krone verlangen würde?«

»Keinen Pfennig, Miß«, antworte ich lachend. »Hätten Sie Lust, sie in Pacht zu nehmen?«

»Nein, Mister Kazallon«, erwidert das junge Mädchen mit einem unterdrückten Seufzer, »und doch ist hier vielleicht der einzige Ort, an dem ich glücklich gewesen bin!«

»Und ich auch!« sagt halblaut André.

Welch heimliches Leiden spricht aus dieser Antwort Miß Herbeys! Das junge Mädchen in ihrer Armut, ohne Eltern oder Freunde, hat noch nirgends ein Glück – das Glück einiger flüchtiger Minuten – gefunden als auf einem unbekannten Felsen des Atlantischen Ozeans!

NEUNZEHNTES KAPITEL

6. bis 15. November

Während der ersten fünf Tage nach der Strandung sind dem Laderaum der »Chancellor« stets dicke, beißende Dämpfe entströmt; dann haben sie sich nach und nach vermindert, und am 6. November kann man das Feuer als erloschen ansehen. Aus Vorsorge aber läßt Robert die Pumpen noch weiterarbeiten, so daß der Schiffsrumpf jetzt bis zum Zwischendeck mit Wasser gefüllt ist. Nur zur Zeit der Ebbe fällt das Wasser im Raum.

»Das beweist«, sagt Robert Kurtis zu mir, »daß das Leck beträchtlich ist, sonst würde das Wasser im Schiff nicht so schnell sinken.«

Und so ist es auch: Die Öffnung im Rumpf mißt nicht weniger als vier Quadratfuß. Einer der Matrosen, Flaypol, ist ins Meer getaucht und hat die Stelle und die Größe der Havarie untersucht. Das Leck befindet sich etwa dreißig Fuß vor dem Ruder; drei Planken sind durch eine Felsspitze eingedrückt, und zwar zwei Fuß über der Kielfuge. Der Anprall muß sehr stark gewesen sein, denn das Fahrzeug ist schwer beladen, und das Meer ist hochgegangen. Fast möchte man bewundern, daß der Rumpf nicht noch an mehr Stellen beschädigt ist. Ob das Leck leicht zu stopfen sein wird, läßt sich erst dann sagen, wenn die Ladung entweder entfernt oder doch weggeräumt ist, so daß es der Zimmermann erreichen kann. Zwei Tage dürften indes noch vergehen, bevor man in den Laderaum der »Chancellor« eindringen kann, um die Baumwollballen zu entfernen, die das Feuer noch unversehrt gelassen hat.

Während dieser Zeit bleibt Robert Kurtis nicht müßig, und es werden unter tatkräftiger Unterstützung der Mannschaft sehr wichtige Arbeiten ausgeführt. So läßt der Kapitän den Besanmast, der beim Auflaufen abgebrochen ist, wiederherstellen, da es gelungen ist, ihn mit seinem gesamten Takelwerk zu bergen. Mit viel Mühe wird er auf seinen Stumpf wieder aufgesetzt, nachdem der Zimmermann diesen mit Zapfenlöchern versehen hat. Angelegte Wangen, die durch eiserne Bänder und tüchtige Bolzen gehalten werden, sichern die Verbindung der beiden Bruchstücke.

Nachdem das geschehen ist, mustert man sorgfältig die Wanten und

das Tauwerk, prüft die Stagen, wechselt einige Segel aus, ordnet das laufende Gut, und so dürfen wir hoffen, mit aller Sicherheit segeln zu können.

Am Vor- und im Hinterschiff gibt es viel Arbeit, denn das Oberdeck und die Mannschaftskajüte sind von den Flammen arg mitgenommen. Es ist also nötig, alles wieder instand zu setzen, was natürlich einige Zeit erfordert. An Zeit fehlt es nicht, an Mühe spart man nicht, und bald können wir in unsere Kabinen zurückkehren.

Erst am 8. wird das Entladen der »Chancellor« mit Aussicht auf Erfolg begonnen. Da die Baumwollballen von dem Wasser, das bei der Flut den ganzen Laderaum füllt, durchnäßt sind, bringt man über den Deckslucken Krane an, und wir gehen der Mannschaft zur Hand, die schweren Ballen heraufzuwinden, die teilweise vom Feuer beschädigt sind. Einer nach dem anderen wird auf die Jolle verladen und zum Riff geschafft.

Nachdem die oberste Schicht der Ladung außenbords ist, wird es notwendig, das Wasser aus dem Laderaum mindestens zum Teil auszupumpen. Das erfordert aber einen möglichst guten Verschluß des Lecks, das der Felsen in den Rumpf gestoßen hat. Eine schwere Arbeit; doch der Matrose Flaypol und der Hochbootsmann unternehmen diese mit dem lobenswertesten Eifer. Zur Zeit der Ebbe ist es ihnen geglückt, unter die Steuerbordseite zu tauchen und eine Kupferplatte über die Öffnung zu nageln; da dieses Blech aber dem Druck von außen schwerlich Widerstand zu leisten imstande ist, wenn sich durch das Pumpen der Wasserstand im Innern senkt, versucht es Robert Kurtis durch Baumwollballen, die gegen die eingedrückten Planken gepreßt werden, zu unterstützen. Material ist ja genug vorhanden, und bald ist die »Chancellor« wie gepolstert mit jenen schweren und undurchdringlichen Ballen, die die Widerstandsfähigkeit des Kupferblechs erhöhen sollen.

Das Verfahren des Kapitäns hat den gewünschten Erfolg gehabt. Man erkennt es deutlich, seitdem die Pumpen in Tätigkeit sind, denn das Wasser im Laderaum sinkt immer mehr, und die Leute setzen das Entladen rüstig fort.

»Es wird nun wahrscheinlich«, sagt Robert Kurtis zu uns, »daß wir bis zu der Havarie hinuntergelangen und sie von innen wieder ausbessern können. Freilich wäre es geratener, das Schiff zu kielholen, doch fehlen mir dazu die Hilfsmittel. Ich würde mich davon auch durch die Befürchtung abhalten lassen, daß schlechtes Wetter einträte, während das Schiff auf der Seite läge. Nichtsdestoweniger glaube ich Ihnen versichern zu dürfen, daß der Zugang des Wassers auf geeignete Weise verschlossen werden wird und daß wir in nicht zu ferner Zeit und unter Verhältnissen, die genügend Sicherheit garantieren, zur nächsten Küste absegeln können.«

Nach zweitägiger Arbeit ist das Wasser zum größten Teil ausgepumpt, und das Entladen der letzten Ballen geht ohne Schwierigkeit vonstatten. Auch wir haben bei den Pumpen jetzt mit Hand anlegen müssen, um die Mannschaft abzulösen, und haben das gewissenhaft getan. Trotz seiner Schwäche hat sich uns auch André Letourneur angeschlossen, und jeder erfüllt seine Pflicht nach besten Kräften.

Doch das ist eine anstrengende Arbeit gewesen, wir haben sie nicht lange fortzusetzen vermocht, ohne einmal auszuruhen. Die unablässige auf- und abgehende Bewegung hat uns die Arme gelähmt, und ich begreife recht wohl, daß sich die Matrosen gern von dieser Arbeit wegzustehlen suchen. Wir befinden uns dabei noch unter günstigen Verhältnissen, da das Schiff auf festem Grund liegt und unter unseren Füßen kein Abgrund gähnt. Wir verteidigen jetzt nicht unser Leben gegen das anstürmende Meer und bekämpfen kein Wasser, das ebenso, wie es ausgeschöpft wird, immer wieder nachdringt! Gebe der Himmel, daß wir nie auf einem sinkenden Schiff eine solche Prüfung auszuhalten haben!

ZWANZIGSTES KAPITEL

15. bis 20. November

Heute endlich hat man den Schiffsraum eingehender untersuchen können; das Kolli mit dem Pikrat ist ganz hinten an einer Stelle gefunden worden, die das Feuer glücklicherweise nicht erreicht hat. Das Kolli ist unversehrt, nicht einmal durch das Wasser hat sein Inhalt Schaden genommen, und man bringt es an einem sicheren Platz auf dem Eiland unter. Warum es nicht sofort ins Meer geworfen wurde? – Ich weiß es nicht; mit einem Wort: Es ist nicht geschehen.

Robert Kurtis und Douglas haben, als sie das Deck und dessen Tragbalken untersucht haben, festgestellt, daß dort der Schaden geringer ist als angenommen. Die intensive Hitze, der das Holz ausgesetzt gewesen ist, hat es nur verzogen. Die innere Bekleidung der Bordwand dagegen ist weit mehr in Mitleidenschaft gezogen worden, und dasselbe trifft zu für die Spanten. Das Werg an den Stoßverbindungen und in den Fugen muß bald verbrannt gewesen sein, und es ist ein Wunder, daß das Fahrzeug nicht schon auseinandergebrochen ist.

Das alles sieht nicht gut aus. Die Beschädigungen sind tatsächlich so ernst, daß Robert Kurtis, wenn er sich jetzt auf einer Insel und nicht auf einem Riff befände, nicht zögern würde, das Schiff aufzugeben und daraus ein kleineres, aber verläßlicheres zu bauen.

Robert Kurtis ist sich jedoch über die Situation völlig klar; er läßt uns alle, Mannschaft und Passagiere, auf dem Deck der »Chancellor« zusammentreten.

»Meine Freunde«, beginnt er, »der Schaden am Schiff erweist sich weit schlimmer, als vorher angenommen. Da wir einerseits nicht die Mittel besitzen, den Schaden zu reparieren, und wir andererseits auf diesem Eiland, nur abhängig von der Gnade des Winds, keine Zeit haben, ein anderes Fahrzeug zu bauen, schlage ich vor, wir verstopfen das Leck so gut wie möglich und versuchen den nächsten Hafen zu erreichen. Wir sind nur achthundert Meilen von der Küste von Paramaribo entfernt und können diese bei einigermaßen günstigem Wind in zehn bis zwölf Tagen erreichen!« Und da wirklich nichts Besseres zu tun ist, wird Robert Kurtis' Vorschlag einstimmig gebilligt.

Douglas und seine Gehilfen bemühen sich nun, das Leck auch von innen her zu verschließen, und verstärken die angekohlten Rippenpaare, so gut es geht. Trotz alledem leuchtet es ein, daß die »Chancellor« für eine längere Fahrt nicht die nötige Sicherheit bietet und daß sie im ersten besten Hafen, den sie anläuft, abgewrackt werden wird.

Der Zimmermann kalfatert auch die äußeren Fugen der Verplankung, soweit diese während der Ebbe bloßgelegt wird; den Teil freilich, der auch zu dieser Zeit unter Wasser bleibt, kann er nicht untersuchen, er muß sich deshalb damit begnügen, ihn nur von innen auszubessern.

Diese verschiedenen Arbeiten dauern bis zum 20. November; nun, nachdem man alles mögliche getan hat, das Schiff instand zu setzen, beschließt Robert Kurtis, es wieder in tieferes Wasser zu bringen.

Es versteht sich von selbst, daß die »Chancellor«, nachdem die Fracht und das Wasser entfernt worden sind, vor Eintritt der vollen Flut erneut aufgeschwommen ist. Da man das Schiff vorn und achtern verankert gehabt hat, ist es nicht weiter auf die Klippe gehoben worden, sondern in dem kleinen natürlichen Bassin verblieben, das zur Rechten und zur Linken von Felsen begrenzt ist, die auch während des höchsten Standes der Flut noch aus dem Wasser ragen. Das Bassin ist geräumig genug, um das Schiff zu wenden, was mit Hilfe dicker Taue leicht ausgeführt wird, so daß sein Bug jetzt nach Süden weist.

Es erscheint also nicht unmöglich, die »Chancellor« wieder in freies Wasser zu bringen, entweder durch Segelkraft, wenn der Wind dazu günstig ist, oder wir schleppen sie durch die schmale Einfahrtsöffnung. Dem stellen sich freilich einige Hindernisse entgegen, die wir überwinden müssen.

Der Eingang der Durchfahrt ist nämlich durch eine quer davorliegende Basaltbarriere verschlossen, die auch beim höchsten Stand der Flut weniger mit Wasser überdeckt ist, als es der Tiefgang der »Chancellor«, obwohl sie entladen ist, erfordert. Wenn sie vor dem Auflaufen auf das Riff dennoch über diesen Felsgrat hinweggehoben worden ist, so deshalb, ich wiederhole es, dadurch, daß sie von einer gewaltigen Welle in das Bassin hineingeworfen worden ist. Dazu kommt noch, daß an jenem Tag nicht die gewöhnliche bei Neumond eintretende, sondern die stärkste Hochflut des Jahres gewesen ist, und es dauert einige Monate, bis sich eine so hohe Springflut wiederholt.

Nun ist natürlich allen klar, daß Robert Kurtis nicht mehrere Monate lang warten kann. Wir müssen die Flut genau beobachten, und wenn wir glauben, sie ist hoch genug, werden wir einen Versuch wagen. Sind wir erst aus dem Bassin hinaus, wird das Schiff erneut so weit belastet, daß es Segel tragen und die Fahrt antreten kann.

Glücklicherweise weht der Wind zur Zeit günstig. Der Kapitän aber ist mit Recht zu vorsichtig, mit vollen Segeln gegen ein Hindernis anzurennen, das ihn vielleicht aufhalten könnte, noch dazu mit einem Fahrzeug, dessen Zustand jetzt so bedenklich ist. Nach einer Beratung mit dem Leutnant Walter und dem Hochbootsmann entscheidet er sich dafür, die »Chancellor« zu schleppen. Unter ihrem Heck wird also ein Anker eingelegt, um für den Fall des Mißlingens das Schiff zum Ankerplatz zurückwinden zu können. Zwei weitere Anker werden außerhalb der kaum zweihundert Fuß langen Durchfahrt auf den Grund gelassen. Ihre Ketten werden um die Spille gelegt, die Mannschaft begibt sich an die Spaken, und um vier Uhr nachmittags setzt sich die »Chancellor« in Bewegung.

Um vier Uhr dreiundvierzig Minuten muß die Flut am höchsten sein. Schon zehn Minuten vorher ist das Schiff so weit angeholt, wie es sein Tiefgang gestattet; bald aber streift der vordere Teil des Kiels die Felskante.

Jetzt, da der Vorsteven schon über das Hindernis hinweg ist, hat Robert Kurtis keine Ursache mehr, nicht auch den Wind zu Hilfe zu nehmen, deshalb setzt er soviel Segel wie möglich.

Jetzt gilt es! Die Flut steht. Passagiere und Matrosen sind bereit, die Spille zu drehen. Robert Kurtis befindet sich auf dem Oberdeck und beobachtet die Segel, der Leutnant auf dem Vorderkastell, der Hochbootsmann am Ruder.

Die »Chancellor« erzittert von einigen Stößen, und ein wenig wird sie auch von dem zum Glück ruhigen Meer gehoben.

»Nun vorwärts, meine Freunde«, ruft Robert Kurtis mit seiner ruhigen, vertrauenerweckenden Stimme, »jetzt mit vereinten Kräften – los!«

Die Spille werden in Bewegung gesetzt, daß das Holz ächzt, die angezogenen Ketten scharren und klirren in den Klüsen. Da erhebt sich etwas Wind, und weil das Schiff ihm nicht recht nachgeben und sich fortbewegen kann, biegen sich die Masten unter seinem Druck. Wir gewinnen etwa zwanzig Fuß. Ein Matrose stimmt eins jener monotonen Lieder an, deren Rhythmus die Bewegungen bestimmt. Wir verdoppeln unsere Anstrengungen, die »Chancellor« erzittert ...

Vergeblich; das Meer sinkt schon wieder. Wir kommen nicht hindurch.

Auf der schmalen Felskante kann das Schiff aber unmöglich gelassen werden, da es bei voller Ebbe zerbrechen würde. Auf Befehl des Kapitäns werden die Segel schleunigst wieder eingezogen, und mit dem hinter uns ausgesteckten Anker wollen wir uns nun zurückziehen. Kein Augenblick ist zu verlieren, es sind Sekunden der entsetzlichsten Angst... Doch die »Chancellor« gleitet auf dem Kiel und rutscht in das Bassin, ihr Gefängnis, zurück.

»Nun, Kapitän«, fragt da der Hochbootsmann, »wie werden wir durchkommen?«

»Ich weiß es noch nicht«, antwortet Robert Kurtis, »aber wir müssen hindurch.«

EINUNDZWANZIGSTES KAPITEL

21. bis 23. November

Wir müssen alles daransetzen, dieses kleine Bassin, und zwar so bald wie möglich, zu verlassen. Das Wetter, das uns während des ganzen November begünstigt hat, droht umzuschlagen. Seit gestern ist das Barometer gesunken, und rings um den Ham-Rock geht die See höher. Das Eiland bietet den Windstößen zuwenig Widerstand, die »Chancellor« würde hier ohne Zweifel zertrümmert werden.

Während der Ebbe am heutigen Abend haben wir, Robert Kurtis, Falsten, der Hochbootsmann, der Zimmermann und ich, uns nach der jetzt frei liegenden Basaltbarriere begeben. Sie ist nur zu passieren, wenn wir von ihr etwa acht bis neun Zoll abtragen.

»Dieser Basalt ist genauso hart wie Granit«, sagt der Hochbootsmann, »und die Arbeit wird sehr lange dauern, denn wir können sie nur während der Tiefebbe vornehmen, das heißt während zwei Stunden von vierundzwanzig.«

»Ein Grund mehr, Hochbootsmann, keine Sekunde zu verlieren«, erwidert Robert Kurtis.

»Ei, Kapitän«, sagt Douglas, »einen ganzen Monat werden wir damit zu tun haben, wenn wir das mit der Spitzhacke machen wollen. Geht es denn nicht, den Felsen zu sprengen? Pulver ist ja an Bord.«

»Zu dem Zweck zuwenig!« erklärt der Hochbootsmann.

Die Situation ist sehr ernst. Einen Monat lang Arbeit. Bevor ein Monat um ist, wird aber das Schiff durch die Wellen zerstört sein.

»Wir haben ja etwas Besseres als Pulver«, sagt da Falsten.

»Und was?« fragt Robert Kurtis.

»Das Natronpikrat!« antwortet der Ingenieur.

Das Natronpikrat, natürlich! Das von dem unglücklichen Ruby an Bord geschmuggelte Kolli. Der Explosivstoff, der das Schiff beinahe in die Luft gesprengt hätte! Er wird nun dazu dienen, das Hindernis zu beseitigen.

Ein Sprengloch in den Basalt, und die Barriere existiert nicht mehr.

Das Pikratkolli ist wie gesagt auf dem Riff an sicherer Stelle niedergelegt worden. Welch ein Glück, daß es nicht ins Meer geworfen worden ist!

Die Matrosen holen Spitzhacken herbei, und Douglas beginnt unter Leitung Falstens einen Minengang in der Richtung, die den besten Effekt zu erzielen verspricht, zu schlagen. Wir rechnen damit, daß diese Arbeit noch während der Nacht getan ist und daß morgen mit Tagesanbruch nach der Explosion die Durchfahrt freigelegt sein wird.

Douglas hat zwar tüchtig gearbeitet, bei Tagesanbruch jedoch ist das Sprengloch noch lange nicht fertig. Eine Stunde höchstens vermag man daran zu arbeiten, und so wie es jetzt aussieht, werden vier Gezeiten vorübergehen müssen, bevor es die gewünschte Tiefe hat.

Erst am Morgen des 23. ist die mühselige Arbeit vollbracht. Die Basaltmauer ist mit einem schräg nach unten verlaufenden Sprengloch versehen, hinreichend für gut zehn Pfund der explosiven Substanz, und die Mine soll sofort geladen werden.

Vor dem Einbringen des Pikrats in das Loch bemerkt Falsten:

»Wir sollten unser Sprengmittel mit gewöhnlichem Pulver vermischen, dann können wir die Mine durch eine Lunte in Brand setzen, was mir geeigneter erscheint, als die Explosion mit einer Zündkapsel auszulösen.«

Sehr oft spricht Ingenieur Falsten nicht, aber wenn er es tut, haben seine Worte Gewicht. Sein Rat wird befolgt. Man vermengt die beiden Substanzen und bringt erst die Lunte und dann die Mischung in das Sprengloch, das sorgfältig verschlossen wird.

Die »Chancellor« liegt weit genug von der Mine entfernt, so daß für sie von der Explosion nichts zu befürchten ist; doch Passagiere und Mannschaft haben sich aus Vorsicht bis zu den entfernteren Teilen des Riffs und in die Grotte zurückgezogen, und auch Mr. Kear hat sich bequemen müssen, trotz seiner Einwände das Schiff zu verlassen.

Falsten entzündet die Lunte, die eine Brenndauer von zehn Minuten hat, und gesellt sich dann zu uns.

Die Explosion erfolgt. Sie ist dumpf und weniger laut, als man erwartet hätte.

Wir eilen zu der Sprengstelle. Die Operation ist geglückt. Die Basaltwand ist nicht mehr da, statt dessen ein kleiner Kanal, den die Flut eben anzufüllen beginnt, der uns den ungehinderten Durchgang gestattet.

Ein allgemeines Hurra! Die Kerkertür ist offen, wir brauchen nur zu entfliehen!

Nach eingetretenem Hochwasser wird die »Chancellor« mit Hilfe ihrer Anker angeholt, passiert den Kanal und schwimmt im freien Wasser!

Noch einen Tag lang halten wir uns jedoch bei dem Eiland auf, denn es ist nötig, Ballast aufzunehmen. Während der nächsten vierundzwanzig Stunden schleppt die Mannschaft Steine und die Baumwollballen an Bord, die am wenigsten von Feuer oder Wasser in Mitleidenschaft gezogen worden sind.

Heute unternehmen die Mr. Letourneur, Miß Herbey und ich noch einen letzten Spaziergang durch die Felsen des Riffs, das wir nie wiedersehen werden und auf dem wir drei Wochen verlebt haben. Der Name der »Chancellor«, der des Riffs selbst, das Datum der Strandung werden von André in eine Wand der Grotte eingemeißelt, und wir rufen dem dürren Felsen, auf dem wir manche Tage, und zwei von uns vielleicht bis dahin die glücklichsten ihres Lebens, verbracht haben, ein letztes Lebewohl zu.

Endlich, am 24. November, setzt die »Chancellor« zur Zeit der Morgenflut die unteren Segel, und zwei Stunden später verschwindet die letzte Spitze des Ham-Rock hinter dem Horizont.

24. November bis 1. Dezember

Nun schwimmen wir also auf dem Meer, und das auf einem Fahrzeug, dessen Festigkeit höchst zweifelhaft ist; doch haben wir ja zum Glück keine allzu lange Fahrt vor uns. Es handelt sich nur um achthundert Meilen, und wenn der Nordostwind einige Tage anhält, wird die »Chancellor« die Küste von Guayana mit Sicherheit erreichen.

Beim Kurs nach Südwesten nimmt das Leben an Bord nun wieder seinen gewohnten Lauf.

Die ersten Tage vergehen ohne weitere Zufälle. Die Richtung des Windes bleibt uns günstig, doch vermeidet Robert Kurtis, zuviel Segel setzen zu lassen, da er fürchtet, das Leck könnte sich wieder öffnen, wenn das Schiff zu schnell fährt.

Eine traurige Fahrt, wenn man zu dem Schiff, das einen trägt, kein Zutrauen mehr hat. Jeder ist mit seinen eignen Gedanken beschäftigt, und an Bord entwickelt sich nicht jenes lebhafte Treiben wie bei einer raschen und sicheren Seefahrt.

Während des 29. geht der Wind um ein Viertel nach Norden zurück. Die Segelstellung muß geändert werden, und das Schiff neigt sich stark auf die Seite.

Robert Kurtis zieht die Bramstengen ein, denn er bemerkt, wie schwer die »Chancellor« unter dieser Krängung arbeitet. Er tut recht daran, denn es handelt sich weniger darum, eine schnelle Überfahrt zu haben, als ohne neuen Unfall einen Hafen zu erreichen.

Die Nacht vom 29. zum 30. ist dunkel und dunstig. Die Brise frischt immer mehr auf, und unglücklicherweise droht der Wind nach Nordwesten umzuschlagen. Die meisten Passagiere halten sich in ihren Kabinen auf, Kapitän Kurtis dagegen verläßt das Oberdeck nicht, und auch die Mannschaft bleibt auf Deck.

Noch immer krängt das Schiff sehr, obwohl es keine Obersegel mehr trägt.

Gegen zwei Uhr morgens will auch ich mich in meine Koje zurückziehen, als einer der Matrosen, der im Kielraum gewesen war, eiligst wieder hochkommt und ruft:

»Zwei Fuß Wasser!«

Robert Kurtis und der Bootsmann eilen die Leiter hinab und finden die traurige Neuigkeit nur allzuwahr. Ob sich das Leck trotz aller Vorsichtsmaßregeln wieder geöffnet hat oder ob einige schlecht kalfaterte Fugen die Ursache sind, läßt sich noch nicht sagen, jedenfalls dringt Wasser ins Schiff.

Der Kapitän kommt auf das Deck zurück, läßt das Schiff vor den Wind legen, damit es weniger umhergeworfen wird, und so erwartet man den Tag.

Beim Sondieren am Morgen findet man drei Fuß Wasser.

Ich sehe Robert Kurtis an. Eine leichte Blässe fliegt über sein Gesicht, doch bewahrt er seine Kaltblütigkeit. Die Passagiere, von denen einige auf Deck gekommen sind, werden von dem Vorfall unterrichtet, den zu verheimlichen schwierig gewesen wäre.

»Ein neues Unglück«, sagt Mr. Letourneur zu mir.

»Das war vorauszusehen«, antworte ich, »indessen können wir nicht weit vom Land entfernt sein, und ich hoffe, daß wir es erreichen.«

»Gott möge Sie erhören!« erwidert Mr. Letourneur.

»Ist denn Gott an Bord?« fragt Falsten mit Schulterzucken.

»Er ist allgegenwärtig, mein Herr«, fällt da Miß Herbey ein.

Der Ingenieur schweigt bei diesen Worten, die einem frommen Glauben entstammen, über den nicht zu streiten ist.

Inzwischen ist auf Anordnung Robert Kurtis' der Dienst an den Pumpen organisiert worden. Mit mehr Resignation als Eifer begibt sich die Mannschaft an die Arbeit; aber es geht um den Kopf, und die in zwei Gruppen geteilte Mannschaft löst sich an den Pumpenstangen ab.

Im Lauf des Tages wiederholt der Hochbootsmann die Sondierungen, und man erkennt, daß das Wasser im Schiff langsam, aber ständig steigt.

Zum Unglück funktionieren die Pumpen schlecht, sie verstopfen entweder durch Asche oder Baumwollflocken, die sich noch im unteren Teil des Laderaums befinden. Bei der nötig werdenden Reinigung verlieren wir natürlich eine gewisse Zeit und den Erfolg unserer Mühe.

Am nächsten Morgen ergibt eine neue Untersuchung fünf Fuß Wasser im Raum. Wenn das Herauspumpen aus irgendeinem Grund abgebrochen werden müßte, würde das Schiff also sinken. Überhaupt ist das ja nur eine Frage der Zeit, und zwar einer sehr kurzen Zeit. Schon ist die Schwimmlinie der »Chancellor« um einen Fuß gesunken, und das Schiff stampft stärker, da es sich nur schwerfällig mit den Wellen hebt. Kapitän Kurtis runzelt die Augenbrauen, sobald ihm der Leutnant oder der Hochbootsmann eine Meldung macht. Das ist kein gutes Vorzeichen!

Die Arbeit an den Pumpen ist den ganzen Tag und die Nacht über fortgesetzt worden. Dennoch nimmt das Wasser zu. Die Mannschaft ist erschöpft; unter den Leuten werden Anzeichen von Entmutigung bemerkbar. Inzwischen gehen der Leutnant und der Hochbootsmann mit ihrem Beispiel voran, und auch die Passagiere beteiligen sich am Pumpen.

Jetzt ist die Lage freilich anders als in der Zeit, da die »Chancellor« auf dem festen Grund des Ham-Rock aufsaß; unser Fahrzeug schwebt über einem Abgrund, in den es jeden Augenblick versinken kann.

DREIUNDZWANZIGSTES KAPITEL

2. und 3. Dezember

Noch vierundzwanzig Stunden lang kämpfen wir mit aller Macht und verhindern ein Steigen des Wassers im Schiff; es liegt freilich auf der Hand, daß bald der Zeitpunkt kommen wird, wo alles Pumpen vergebens sein wird.

Im Verlauf dieses Tages untersucht Robert Kurtis, der sich keinen Augenblick Ruhe gönnt, selbst den Kielraum, der Zimmermann und der Hochbootsmann begleiten ihn, und auch ich schließe mich ihnen an. Wir schaffen einige Baumwollballen zur Seite und hören bei einiger Aufmerksamkeit Wasser rauschen oder, besser, glucksen. Robert Kurtis will auf jeden Fall versuchen, den Schiffsrumpf am Heck mit geteerten Segeln zu überziehen. Vielleicht gelingt es ihm, dadurch wenigstens einige Zeit oder sogar ganz weiteren Wassereinbruch zu verhindern. Wenn das Nachströmen des Wassers nur für einige Zeit aufzuhalten ist, wird man mit mehr Nachdruck pumpen und das Schiff wahrscheinlich wieder heben können.

Die Ausführung dieser Absicht ist umständlicher, als man glauben sollte. Zunächst muß die Geschwindigkeit des Fahrzeugs gemäßigt werden, und nachdem die großen Segel mit viel Mühe unter das Schiff gezogen worden sind, bringt man sie bis zu der Stelle des früheren Lecks und befestigt sie dann, so gut es geht.

Von jetzt ab hat das Pumpen etwas mehr Erfolg, und wir gehen mit neuem Mut an die Arbeit. Dennoch hat Kapitän Kurtis soviel Segel wie möglich beibehalten lassen, denn er weiß zu gut, daß der Rumpf der »Chancellor« nicht lange aushält, daß wir also schnellstens Land erreichen müssen. Wenn ein anderes Schiff vorüberkäme, würde er nicht zögern, Notsignale zu geben, seine Passagiere und auch die Mannschaft auszuschiffen und allein an Bord zu bleiben, bis die »Chancellor« unter seinen Füßen versinkt.

All unsere Bemühungen sind freilich vergeblich!

In der Nacht hat das Segel über dem Heck dem Druck von außen nachgegeben, und am Morgen des 3. Dezember meldet der Hochbootsmann mit einigen kräftigen Flüchen:

»Wieder sechs Fuß Wasser im Schiff!«

Die Tatsache ist nur zu richtig! Die »Chancellor« füllt sich aufs neue, sie sinkt merklich tiefer, und schon taucht ihre Schwimmlinie weiter ins Wasser. Indessen arbeiten wir an den Pumpen mit mehr Anstrengung als je und setzen unsere letzten Kräfte ein. Unsere Arme sind erlahmt, unsere Hände bluten, und trotz aller Qual steigt das Wasser im Schiff.

Robert Kurtis läßt nun noch an der großen Luke eine Kette bilden, und schnell fliegen die Eimer von Hand zu Hand.

Alles ist vergebens! Um acht Uhr dreißig morgens ergibt die Messung einen weiteren Zuwachs des Wassers im Raum. Schon bemächtigt sich die Verzweiflung einiger Matrosen. Robert Kurtis treibt sie an, weiterzuarbeiten. Sie weigern sich.

Einer der Leute ist ihr Anführer, ich habe schon von ihm gesprochen: der Matrose Owen. Er mag vierzig Jahre alt sein. Sein Gesicht ziert ein rötlicher Spitzbart, während die Wangen haarlos sind. Er hat eine scharfe Nase, weit abstehende Ohren, und seine Stirn ist durch häßliche Falten tief gefurcht.

Dieser verläßt zuerst seinen Posten.

Fünf oder sechs Kameraden folgen seinem Beispiel; unter ihnen bemerke ich den Koch Jynxtrop; er ist ebenfalls ein verdächtiges Subjekt.

Auf den Befehl Robert Kurtis', an die Pumpen zurückzukehren, antwortet Owen mit einem trotzigen Nein.

Der Kapitän wiederholt seinen Befehl.

Owen bleibt bei seiner Weigerung.

Robert Kurtis nähert sich dem aufsässigen Matrosen.

»Ich rate Ihnen, mich nicht anzurühren«, sagt Owen in kaltem Ton und steigt zum Vorderkastell hinauf.

Robert Kurtis begibt sich zum Oberdeck, geht in seine Kabine und kehrt mit einem geladenen Revolver in der Hand zurück.

Einen Augenblick sieht Owen Robert Kurtis an, doch Jynxtrop macht ihm ein Zeichen, und alle nehmen ihre Arbeit wieder auf.

VIERUNDZWANZIGSTES KAPITEL

4. Dezember

Der erste Versuch einer Meuterei ist durch das energische Auftreten Robert Kurtis' vereitelt worden. Wird der Kapitän in Zukunft ebenso glücklich sein? Man muß es hoffen, denn eine undisziplinierte Mannschaft würde die ohnehin ernste Situation völlig unerträglich machen.

Auch während der Nacht dürfen die Pumpen nicht stillstehen. Die Bewegungen des Schiffes sind schwerfällig; da es sich kaum mit den Wellen hebt, wird es häufig von Sturzseen überflutet, die durch die geöffneten Luken eindringen und das schon im Raum vorhandene Wasser vermehren.

Unsere Lage wird nun bald ebenso bedrohlich wie in den letzten Tagen des Feuers. Passagiere, Mannschaft, alle merken es, daß ihnen das Fahrzeug unter den Füßen schwindet, und sehen langsam, aber ununterbrochen das Wasser darin steigen, das ihnen jetzt genauso furchtbar erscheint wie früher die Flammen.

Dennoch arbeitet die Mannschaft unausgesetzt unter den Drohungen Robert Kurtis', und wohl oder übel kämpfen die Matrosen zwar mit aller Energie, doch fangen die Kräfte an ihnen zu schwinden. Ausschöpfen können sie dieses Wasser, das sich unablässig erneuert und das von Stunde zu Stunde weiter ins Schiff dringt, doch nicht mehr. Die Leute, die die Eimer handhaben, sind gezwungen, den Raum zu verlassen, wo sie, schon bis an den Leib im Wasser stehend, zu ertrinken befürchten müssen. Nun gibt es nur noch einen Ausweg, zu dem man sich am nächsten Tag, dem 4., nach einer Beratung zwischen dem Leutnant, dem Hochbootsmann und Robert Kurtis entschließt, den nämlich, das Schiff aufzugeben.

Da die Jolle, das einzige uns verbliebene Boot, nicht alle zu fassen vermag, soll sofort ein Floß gezimmert werden, die Mannschaft indessen so lange an den Pumpen bleiben, bis der Befehl zum Einschiffen gegeben wird.

Der Zimmermann Douglas wird geholt, und man kommt dahin überein, das Floß aus den Reserverahen und dem entbehrlichen Mastwerk, das vorher in Stücke von gewünschter Länge zerschnitten werden soll, zu bauen. Das jetzt verhältnismäßig ruhige Meer erleichtert dieses selbst unter den günstigsten Umständen ziemlich schwierige Werk.

Ohne Zeit zu verlieren, gehen Robert Kurtis, der Ingenieur Falsten, der Zimmermann und zehn Matrosen mit Sägen und Äxten daran, die Rahen zu zerschneiden, bevor sie ins Meer geworfen werden. Diese Stücke werden dann miteinander verbunden und bilden die Unterlage für die Plattform des Floßes, die man in einer Länge von vierzig und einer Breite von fünfundzwanzig Fuß bauen will.

Wir andern Passagiere und der Rest der Mannschaft bleiben fortwährend an den Pumpen beschäftigt. Neben mir müht sich André Letourneur nach Kräften ab, von seinem Vater ängstlich-besorgt beobachtet. Was soll aus seinem Sohn werden, wenn er gegen die Wellen ankämpfen muß, unter Umständen, die kaum ein gesunder und kräftiger Mensch übersteht. Jedenfalls werden wir zwei sein, die ihn nicht verlassen.

Mrs. Kear weiß im Grunde nichts von der drohenden Gefahr, eine anhaltende Ohnmacht hat ihr das Bewußtsein genommen.

Mehrmals ist Miß Herbey auf Deck erschienen, doch immer nur für wenige Augenblicke. Die Strapazen haben sie zwar blasser gemacht, doch immer ist sie stark und mutig. Ich empfehle ihr, sich auf alles gefaßt zu machen.

»Ich bin immer bereit, mein Herr Doktor«, antwortet Miß Herbey und kehrt sofort zu Mrs. Kear zurück.

André Letourneurs Blicke folgen dem jungen Mädchen, und sein Gesicht überfliegt ein Schatten von Trauer.

Gegen acht Uhr abends ist das Untergestell des Floßes nahezu vollendet. Man ist jetzt dabei, leere, wasserdicht verspundete Fässer hinabzuschaffen, die die Schwimmkraft des Floßes erhöhen sollen und die man sorgfältig zwischen den Rundhölzern anbringt.

Zwei Sunden später erschallt lautes Geschrei auf dem Oberdeck, und Mr. Kear kommt mit dem Ausruf herauf:

»Wir sinken! Wir sinken!«

Sogleich erblicke ich auch Miß Herbey, die sich um Mrs. Kear bemüht.

Robert Kurtis eilt in seine Kabine, aus der er eine Karte, einen Sextanten und einen Kompaß holt.

Unter lautem Verzweiflungsgeschrei herrscht die größte Verwirrung an Bord, und die Mannschaft stürzt zu dem Floß, dessen Gestell ohne Überbau sie ja doch noch nicht aufzunehmen vermag.

Es ist mir unmöglich, weder die Gedanken zu schildern, die jetzt durch mein Gehirn jagen, noch das schnelle Vorüberziehn der Bilder aus meinem bisherigen Leben zu malen! Meine ganze Existenz scheint sich in diesem letzten Augenblick, der sie abschließen soll, zusammenzudrängen! Ich fühle, wie sich die Planken unter meinen Füßen beugen, und sehe das Wasser rings um das Schiff aufsteigen, so als ob sich der Ozean unter ihm auftue.

Einige Matrosen klettern in die Wanten und stoßen verzweifelte Flüche aus. Ich versuche ihnen zu folgen.

Eine Hand hält mich zurück, und ich sehe Mr. Letourneur, der auf seinen Sohn weist, während ihm Tränen in den Augen stehen.

»Ja«, sage ich und drücke ihm krampfhaft die Hand, »wir beide, wir werden ihn retten!«

Noch bevor ich aber bis zu ihm gelange, hat Robert Kurtis schon André Letourneur umfaßt, er will ihn in den Mastkorb des Großmastes bringen, während die »Chancellor«, die der Wind bislang noch ziemlich schnell fortgetrieben hat, plötzlich stillsteht. Es folgt eine heftige Erschütterung des Fahrzeugs.

Das Schiff sinkt! Das Wasser erreicht schon meine Beine. Instinktiv erfasse ich ein Seil. Aber plötzlich steht das Schiff wieder und hält sich so, nachdem das Deck etwa zwei Fuß unter das Wasser versunken ist.

FÜNFUNDZWANZIGSTES KAPITEL

Die Nacht vom 4. zum 5. Dezember

Robert Kurtis hat den jungen Letourneur auf die Schulter genommen, eilt mit ihm über das überschwemmte Deck und setzt ihn in die Steuerbordwanten. Sein Vater und ich, wir klettern zu ihm.

Dann blicke ich um mich. Die Nacht ist hell genug, so daß ich erkenne, was ringsum vorgeht. Robert Kurtis ist auf seinen Posten zurückgekehrt und steht auf dem Oberdeck. Ganz hinten, nahe dem noch nicht überfluteten Heck, gewahre ich Mr. Kear, seine Frau, Miß Herbey und Falsten; auf der äußersten Spitze des Vorderkastells den Leutnant und den Bootsmann, in den Mastkörben und den Wanten den Rest der Mannschaft.

André Letourneur ist in den Mastkorb des Großmastes geklettert, mit Hilfe seines Vaters, der ihm den Fuß Stufe für Stufe heben mußte, und trotz des Rollens ist er ohne Unfall hinaufgekommen. Mrs. Kear Vernunft beizubringen ist freilich unmöglich gewesen; sie verbleibt auf dem Oberdeck und läuft Gefahr, von den Wellen weggespült zu werden, wenn der Wind noch mehr auffrischt. Auch Miß Herbey hält bei ihr aus, da sie jene nicht verlassen will.

Robert Kurtis' erste Sorge, nachdem das Schiff nicht weitersank, ist es, alle Segel und alle Stengen abnehmen zu lassen. Hierdurch hofft er das Kentern der »Chancellor« zu verhindern. Kann sie aber nicht jeden Augenblick ganz untergehen? Ich begebe mich zu Robert Kurtis und richte diese Frage an ihn.

»Das weiß ich nicht«, erwidert er mit dem ruhigsten Ton, »denn das hängt von dem Zustand des Meeres ab. Gewiß ist für jetzt nur, daß sich das Schiff im Gleichgewicht befindet; leider können sich diese Verhältnisse aber in jeder Minute verschlimmern.«

»Vermag die ›Chancellor‹ noch, mit zwei Fuß Wasser über dem Deck, zu segeln?«

»Nein, Mister Kazallon, dagegen wird sie unter dem Einfluß des Winds und der Strömung treiben und, wenn sie sich einige Tage so hält, irgendeinen Punkt an der Küste anlaufen. Übrigens haben wir als letzte Zuflucht das Floß, das in wenigen Stunden fertig sein wird und auf dem wir, sobald der Tag anbricht, dann Zuflucht finden.«

»Sie haben also noch immer nicht alle Hoffnung aufgegeben?« frage ich Robert Kurtis sehr erstaunt.

»Die Hoffnung aufgeben darf man nie, Mister Kazallon, selbst unter den schlimmsten Umständen nicht. Alles, was ich Ihnen sagen kann, ist, daß, wenn von hundert Chancen neunundneunzig gegen uns sind, doch die hundertste uns gehört. Wenn mich meine Erinnerung nicht trügt, befindet sich die halbversunkene ›Chancellor‹ genau in derselben Lage wie im Jahr 1795 der Dreimaster ›Juno‹. Länger als zwanzig Tage hat sich dieses Schiff im Wasser schwebend gehalten. Passagiere und Mannschaft waren in die Takelage geklettert, und als man endlich an Land trieb, wurden alle, die nicht den Strapazen und dem Hunger erlegen waren, glücklich gerettet. Es ist das ein in den Annalen der Seefahrt zu bekanntes Faktum, als daß ich es gerade jetzt vergessen sollte. Nun, Mister Kazallon, es gibt keinen Grund, daß die Überlebenden der ›Chancellor‹ nicht ebensoviel Glück haben sollten wie die der ›Juno‹.«

Da sich die Bedingungen des Gleichgewichts jeden Augenblick ändern können, werden wir die »Chancellor« früher oder später doch verlassen müssen. Auch bleibt es dabei, daß das Floß morgen, sobald der Zimmermann damit fertig ist, bestiegen werden soll.

Nun stelle man sich die dumpfe Verzweiflung der Mannschaft vor, als Douglas gegen Mitternacht die Bemerkung macht, daß der Unterbau des Floßes verschwunden ist. Die Leinen sind bei dem Auf- und Abschwanken des Fahrzeugs gerissen, und etwa seit einer Stunde treibt der Unterbau des Rettungsfloßes in der weiten See.

Als die Matrosen dieses neue Unglück vernehmen, ertönt so mancher Verzweiflungsschrei.

»Ins Meer! Ins Meer! Die Masten kappen!« rufen sie, halb von Sinnen.

Sie wollen die Taue zerschneiden und die Masten ins Wasser stürzen, um sofort ein neues Floß herzustellen.

Aber Robert Kurtis verwehrt ihnen das.

»Auf eure Posten, Jungens!« ruft er. »Daß kein Faden ohne meinen Befehl zerschnitten wird! Die ›Chancellor‹ ist im Gleichgewicht! Die ›Chancellor‹ geht noch nicht unter!«

Bei der entschiedenen Stimme ihres Kapitäns gewinnt die Mannschaft wieder einige Besinnung, und trotz der bösen Absicht einiger unter ihnen begibt sich jeder wieder auf den ihm angewiesenen Platz.

Sobald der Tag graut, steigt Robert Kurtis so weit wie möglich den

Mast hinauf, und sein Blick durchschweift forschend den Umkreis um das Schiff.

Unnützes Beginnen! Das Floß ist längst außer Sichtweite! Soll man die Jolle bemannen und versuchen, das Floß wiederzufinden? Auch das ist unmöglich, denn die See geht so hohl, daß das kleine Fahrzeug ihr nicht zu widerstehen vermag. Man muß sich demnach zum Bau eines neuen Floßes entschließen und ohne Zögern an die Arbeit gehen.

Inzwischen sind die Wellen immer stärker geworden. Mrs. Kear hat sich endlich bereit gefunden, den Platz auf dem Oberdeck zu verlassen, auf dem sie übrigens in einem Zustand völliger Willenlosigkeit lag. Mr. Kear hat sich mit Silas Huntly im Mastkorb des Besanmastes eingerichtet. Neben Mrs. Kear und Miß Herbey befinden sich die Herren Letourneur, alle auf der in ihrem größten Durchmesser höchstens zwölf Fuß messenden Plattform eng aneinandergedrückt. Robert Kurtis hat zum Schutz der beiden Frauen über dem Mastkorb ein Dach anbringen lassen.

Einige Fässer, die nach dem Sinken zwischen den Masten schwimmen, hat man rechtzeitig aufgefischt und an den Stagen sicher befestigt. Es sind Behälter mit Konserven und Zwieback sowie einige Fässer Trinkwasser – unser ganzer Vorrat an Lebensmitteln!

5. Dezember

Der Tag ist warm. Unter dem sechzehnten Breitengrad ist der Dezember kein Winter-, sondern ein Sommermonat. Wenn der Wind nicht die Glut der Sonne mildert, wird uns die Hitze sehr zu schaffen machen.

Die See geht noch immer sehr hohl. Der zu drei Vierteln versunkene Schiffsrumpf wird wie eine Klippe von den Wellen gepeitscht. Der Schaum spritzt bis zu den Mastkörben hinauf, und unsere Kleidung wird wie von einem feinen Regen durchnäßt.

Über dem Wasser befinden sich noch folgende Teile der »Chancellor«: die drei Masten mit den Mastkörben, das Bugspriet, an dem man jetzt die Jolle aufgehängt hat, um sie vor dem Anprall der Wogen zu sichern, ferner das Oberdeck und das Vorderkastell, beide nur durch den schmalen Rahmen des Schanzkleids verbunden. Das Deck dagegen befindet sich völlig unter Wasser.

Die Verbindung zwischen den Mastkörben ist sehr beschwerlich; allein die Matrosen, die an den Stagen entlangklettern, können sich von dem einen zu dem andern begeben. Unter ihnen schäumt das Meer wie über einem Riff und löst nach und nach die Planken der Bordwand ab, die man zu erhaschen sucht. Für die auf die engen Plattformen geflohenen Passagiere ist es ein erschütterndes Schauspiel, unter ihren Füßen den Ozean zu sehen und zu hören. Die aus dem Wasser emporragenden Masten erzittern bei jedem Wellenschlag, und man vermeint, daß sie jeden Augenblick weggerissen werden.

Besser ist es, die Augen zu schließen und gar nicht nachzudenken, denn dieser Abgrund übt eine ungeheure Anziehungskraft aus, und man fühlt die Versuchung, sich hineinzustürzen!

Inzwischen ist die gesamte Mannschaft unablässig mit der Herstellung eines zweiten Floßes beschäftigt. Alles, was noch an Rahen und Stengen vorhanden ist, findet Verwendung und wird unter Robert Kurtis' Leitung zusammengebaut. Die »Chancellor« scheint wirklich nicht weiterzusinken; wie der Kapitän es vorausgesagt hat, wird sie sich im Wasser schwebend erhalten. Robert Kurtis achtet also darauf, daß das Floß so solid wie möglich gebaut wird.

Die Überfahrt wird bei der noch immer beträchtlichen Entfernung zur nächsten Küste, der von Guayana, lange Zeit in Anspruch nehmen. Es empfiehlt sich also, lieber einen Tag länger in den Mastkörben auszuharren und sich die nötige Zeit zum Bau eines Floßes zu nehmen, auf das man sich einigermaßen verlassen kann.

Die Matrosen haben sich wieder etwas beruhigt, und jetzt geht die Arbeit ungestört vonstatten. Nur ein alter, etwa sechzigjähriger Seemann, dem der Seewind Bart und Haar gebleicht hat, ist nicht der Ansicht, die »Chancellor« zu verlassen. Es ist der Ire O'Ready.

Als ich mich eben auf dem Oberdeck befunden habe, hat er sich zu mir gesellt.

»Mein Herr«, beginnt er und schiebt mit bewundernswertem Gleichmut sein Priemchen im Mund hin und her, »meine Kameraden haben die Absicht, das Schiff zu verlassen. Ich nicht. Ich habe schon neunmal Schiffbruch erlitten – viermal auf offener See, fünfmal an der Küste. Offensichtlich ist es mein Schicksal, zu scheitern. Ich kenne das nun lange genug. Gott soll mich verdammen, wenn ich nicht immer die Hasenherzen habe elend umkommen sehen, die sich auf Flößen oder Booten zu retten suchten! Solange ein Kasten schwimmt, soll man darauf bleiben. Lassen Sie sich das gesagt sein!«

Nach diesen sehr bestimmt gesprochenen Worten, die die alte irische Wasserratte zur Beruhigung ihres Gewissens von sich gegeben zu haben scheint, versinkt der Mann wieder in Schweigen.

An demselben Tag bemerke ich auch, gegen drei Uhr nachmittags, Mr. Kear und den Exkapitän Silas Huntly im Mastkorb des Besanmastes in eifrigem Gespräch. Der Ölbaron scheint dem andern heftig zuzusetzen, während Huntly Mr. Kear lebhaft widerspricht. Lange Zeit betrachtet Silas Huntly wiederholt das Meer und den Himmel und schüttelt den Kopf. Endlich, nach einer Unterhaltung von einer Stunde, gleitet er an den Besanstagen bis zur Spitze des Vorderkastells, mischt sich unter die Matrosen und ich verliere ihn aus den Augen.

Übrigens erscheint mir dieser Vorfall ohne Bedeutung, und ich steige wieder zum Großmast hinauf, wo die Herren Letourneur, Miß Herbey, Falsten und ich einige Stunden im Gespräch verbringen. Die Sonne brennt gewaltig, und ohne das Segel, das uns als Zeltdach dient, wäre es hier wohl kaum auszuhalten.

Um fünf Uhr nehmen wir gemeinsam einen Imbiß ein, der aus Schiffszwieback, gedörrtem Fleisch und einem halben Glas Wasser besteht. Mrs. Kear, die in heftigem Fieber daniederliegt, genießt nichts.

Miß Herbey vermag ihr nur dadurch einige Erquickung zu verschaffen, daß sie die brennenden Lippen der Kranken von Zeit zu Zeit benetzt. Die unglückliche Frau leidet schwer, ich bezweifle, daß sie diesen Zustand lange aushalten wird.

Ihr Mann hat sich nicht ein einziges Mal nach ihr erkundigt. Gegen drei Viertel sechs Uhr aber scheint es mir doch, daß das Herz dieses Egoisten zu klopfen beginnt. Mr. Kear ruft nach einigen Matrosen vom Vorderdeck und bittet sie, ihm beim Verlassen des Besanmastes behilflich zu sein. Will er sich nun vielleicht zu seiner Frau auf den Großmast begeben?

Die Matrosen beachten den Ruf Mr. Kears nicht sofort. Dieser wiederholt seine Bitten dringender und verspricht denen eine gute Belohnung, die auf seine Wünsche eingehen.

Jetzt begeben sich zwei Matrosen, Burke und Sandon, über das Schanzkleid hin zum Besanmast und steigen in den Mastkorb.

Mit Mr. Kear feilschen sie lange um die Bedingungen für ihre Bemühung. Offenbar verlangen sie viel, und der Ölbaron will nur wenig geben. Schon schicken sich die Seeleute wieder an, den Passagier an seinem Platz zu lassen. Endlich wird man einig, und Mr. Kear zieht ein Päckchen Papierdollars hervor, das er einem der Matrosen übergibt. Dieser zählt die Summe sorgfältig durch, und es scheint mir, daß er wenigstens hundert Dollar in der Hand hat.

Es handelt sich nämlich, wie ich gewahr werde, darum, Mr. Kear an den Besanstagen entlang zum Vorderkastell zu befördern. Burke und Sandon schlingen jenem ein Tau um, das sie an die Stagen hängen; dann lassen sie ihn, nachdem sie mit einigen Rippenstößen nachhelfen, wie ein Kolli vor sich her gleiten, was nicht ohne spöttisches Gelächter ihrer Kameraden geschieht.

Aber ich habe mich getäuscht. Mr. Kear fällt es nicht ein, seine Frau im Mastkorb aufzusuchen. Er bleibt auf dem Vorderkastell bei Silas Huntly, und die eintretende Dunkelheit verwehrt mir, noch etwas zu erkennen.

Die Nacht bricht an; der Wind hat sich gelegt, aber die See geht hohl. Der Mond, schon seit vier Uhr nachmittags am Horizont, wird nur dann und wann zwischen Wolkenstreifen sichtbar. Die niedrigeren Wolken färben sich am Horizont rötlich, was für morgen eine steife Brise erwarten läßt. Gott gebe, daß die aus Nordosten weht und uns auf das Land zutreibt, denn jede andre Windrichtung wäre für uns verderblich, wenn wir erst auf dem Floß sind, das nur mit dem Wind im Rücken einige Fahrt machen kann!

Robert Kurtis ist gegen acht Uhr zu unserm Mastkorb gekommen. Ich bin der Meinung, daß ihm der Anblick des Himmels Sorge verursacht. Eine Viertelstunde lang beobachtet er; dann drückt er mir vor dem Herabsteigen, ohne ein Wort zu sagen, die Hand und nimmt wieder seinen Platz auf dem Oberdeck ein.

Ich versuche auf dem engen Raum des Mastkorbs zu schlafen, was mir allerdings nicht gelingt. Böse Ahnungen beunruhigen mich. Die Atmosphäre kommt mir gar zu ruhig vor. Kaum ein Lüftchen streicht von Zeit zu Zeit durch das Takelwerk und läßt es leise summen.

Indessen, das Meer »fühlt« etwas, es geht weiter hoch, bewegt von einem Sturm, der in größerer Entfernung von uns zu toben scheint.

Gegen elf Uhr nachts leuchtet der Mond mit hellem Schein durch die Wolken, und das Wasser erglänzt, als würde es von unten her erhellt.

Ich erhebe mich und blicke hinaus. Sonderbar. Ich glaube einige Augenblicke einen dunklen Punkt wahrzunehmen, der sich mitten in der intensiven Weiße der Wellen hebt und senkt. Ein Felsen kann das nicht sein, da er die Bewegungen der See mitmacht; wahrscheinlich hat mich eine Illusion getäuscht.

Dann verschleiert sich der Mond von neuem, und es wird tief dunkel, so daß ich mich nahe der Backbordwanten wieder niederlege.

6. Dezember

Ich hatte einige Stunden Schlaf gehabt. Um vier Uhr morgens weckt mich das Pfeifen des Windes, und ich vernehme Robert Kurtis' Stimme, verstehe jedoch nicht, was er sagt, da das Brausen der Windstöße stört.

Ich erhebe mich, packe die um unseren luftigen Aufenthalt gezogenen Leinen und versuche mir darüber klarzuwerden, was unter mir und um mich herum vorgeht.

Mitten durch die Dunkelheit grollt das Meer unter meinen Augen, und zwischen den Masten schäumen die jetzt mehr bleichen als weißen Wellen auf. Zwei schwarze Schatten am Heck heben sich von der helleren Farbe des Wassers ab. Diese Schatten sind Kapitän Kurtis und der Hochbootsmann.

Da kommt ein Matrose, der in die Takelage gestiegen ist, um ein Tau zu befestigen, an mir vorüber.

»Was ist geschehen?« frage ich ihn.

»Der Wind ist umgesprungen ... «

Noch einige Worte fügt der Matrose hinzu, die ich nicht genau verstehe. Indessen glaube ich die Worte »gerade umgekehrt« zu hören.

Gerade umgekehrt! Dann müßte der Wind von Nordosten nach Südwesten umgeschlagen sind, das heißt, er treibt uns jetzt in die offene See hinaus! Meine Ahnungen haben also nicht getrogen!

Nach und nach wird es heller. Der Wind hat zwar nicht so weit gedreht, aber – und das ist genauso verderblich für uns – er bläst aus Nordwesten, und damit entfernt er uns ebenfalls vom Land. Jetzt stehen fünf Fuß Wasser über dem Deck, und das Schanzkleid ist völlig verschwunden. Das Schiff ist in der Nacht noch tiefer gesunken, auch Vorderkastell und Oberdeck befinden sich nun unter Wasser. Robert Kurtis und seine Leute arbeiten an dem Floß, doch machen sie bei der bewegten See nur langsame Fortschritte, und es erfordert die größte Umsicht, daß sich die Rundhölzer nicht verschieben, bevor sie fest verbunden sind.

Die Herren Letourneur stehen an meiner Seite; der Vater hält den Sohn fürsorglich fest, das heftige Rollen des Schiffes macht ihm sehr zu schaffen.

»Der Mastkorb wird brechen!« ruft Mr. Letourneur, der auf der engen Plattform, die uns trägt, ein Krachen vernommen hat.

Miß Herbey erhebt sich bei diesen Worten und zeigt auf die neben ihr liegende Mrs. Kear.

»Was sollen wir tun, meine Herren?« fragt sie.

»Wir müssen bleiben, wo wir sind«, antworte ich.

»Hier ist noch unsere sicherste Zuflucht, Miß Herbey«, fügt André Letourneur hinzu. »Fürchten Sie nichts, Miß ... «

»Oh, für mich fürchte ich auch nichts«, erwidert das junge Mädchen mit ruhiger Stimme, aber für die, die so sehr an ihrem Leben hängen!«

Um acht Uhr fünfzehn ruft der Bootsmann seinen Leuten zu:

»He! Ihr da auf dem Kastell!«

»Was wollen Sie, Meister?« antwortet einer der Matrosen, ich glaube O'Ready.

»Habt ihr die Jolle dort?«

»Nein, Meister.«

»Dann ist sie also weggeschwemmt worden.«

Tatsächlich hängt die Jolle nicht mehr am Bugspriet, fast gleichzeitig gewahrt man auch, daß Mr. Kear, Silas Huntly und drei Leute von der Mannschaft, ein Schotte und zwei Engländer, verschwunden sind. Jetzt ist mir klar, worüber sich gestern Kear und der Exkapitän unterhalten haben. Sie haben befürchtet, daß die »Chancellor« untergehen könnte, bevor das Floß fertig ist, und sind übereingekommen zu entfliehen und haben drei Matrosen mir Geld bestochen, sich des kleinen Boots zu bemächtigen. Auch was dieser schwarze Punkt gewesen ist, den ich in der vergangenen Nacht gesehen habe, weiß ich nun. Der Elende hat seine Frau im Stich gelassen! Der unwürdige Kapitän sein Schiff! Sie haben uns die Jolle gestohlen, das einzige noch übriggebliebene Boot.

»Fünf Gerettete!« sagte der Bootsmann.

»Fünf Verlorene!« antwortet der alte Ire.

Der Zustand des Meers scheint O'Readys Worten recht zu geben.

Nun sind wir nur noch zweiundzwanzig Personen an Bord. Ob es wohl noch weniger werden?

Als die feige Flucht und der diebische Schurkenstreich bekanntwerden, macht sich die Stimmung der Mannschaft in einem Schwall von Flüchen über die Geflohenen Luft, und wenn der Zufall sie an Bord zurückführen sollte, würden sie ihren Verrat schwer zu büßen haben!

Ich halte es für geraten, vor Mrs. Kear die Flucht ihres Mannes zu verheimlichen. Die bedauernswerte Frau wird vom Fieber furchtbar geschüttelt, gegen das wir völlig ohnmächtig sind, weil das Schiff so schnell gesunken ist, daß auch die Arzneikiste nicht zu retten war. Und selbst wenn wir Arzneimittel gehabt hätten, welchen Erfolg würden sie bei dem Zustand, in dem sich Mrs. Kear befindet, wohl erzielen?

ACHTUNDZWANZIGSTES KAPITEL

Fortsetzung vom 6. Dezember

Die »Chancellor« wird jetzt im Wasser nicht mehr ganz im Gleichgewicht gehalten, und sie droht allmählich unterzugehen.

Glücklicherweise soll das Floß noch an diesem Abend fertig werden, und wir werden uns darauf einrichten, wenn Robert Kurtis es nicht vorzieht, damit bis zum Anbruch des Tages zu warten. Der Unterbau macht einen verläßlichen Eindruck. Die Rundhölzer, mit starken Tauen verbunden, liegen kreuzweise übereinander, und so erhebt sich das Ganze etwa zwei Fuß über das Wasser.

Die Plattform ist aus Planken des Schanzkleids hergestellt, die von den Wellen abgerissen worden sind und die man geschickt verwendet hat. Schon im Lauf des Nachmittags beginnt man, es mit allem, was an Lebensmitteln, Segelwerk, Instrumenten und Werkzeugen gerettet worden ist, zu beladen. Eile tut not, denn der Mastkorb des Großmastes ragt nur noch zehn Fuß über das Wasser, und vom Bugspriet ist nur die Spitze sichtbar. Ich würde mich sehr wundern, wenn der morgige Tag nicht der letzte der »Chancellor« wäre!

Und in welchem moralischen Zustand befinden wir uns nun? Ich suche mir klarzuwerden über mich selbst, und es scheint mir, daß ich mich in einer unbewußten Teilnahmslosigkeit befinde. Mr. Letourneur lebt ganz für seinen Sohn, der seinerseits wieder nur an den Vater denkt. André zeigt übrigens eine mutige, würdige Resignation, die ich mit der von Miß Herbey vergleichen vermag. Falsten ist stets der alte, und, Gott verzeihe mir, der Ingenieur rechnet noch immer in seinem Notizbuch. Mrs. Kear geht trotz der Sorgfalt des jungen Mädchens und der meinen der Auflösung mehr und mehr entgegen.

Von den Matrosen sind zwei oder drei ganz ruhig, die andern jedoch nahe daran, den Kopf zu verlieren, einige scheint ihr rohes Naturell zu Exzessen zu verführen. Die Leute, die dem verderblichen Einfluß Owens und Jynxtrops unterliegen, werden schwer im Zaum zu halten sein, wenn wir mit ihnen auf dem beschränkten Floß zusammen leben müssen.

Leutnant Walter ist völlig entkräftet; trotz seines Mutes hat er darauf verzichten müssen, länger Dienst zu tun. Robert Kurtis und der Hochbootsmann sind energische, unerschütterliche Männer, die auch dem Schwersten standzuhalten scheinen.

Gegen fünf Uhr abends hat eine unserer Unglücksgefährtinnen aufgehört zu leiden. Mrs. Kear ist nach schmerzlichem Todeskampf, doch wahrscheinlich ohne Bewußtsein ihrer und unserer Lage, gestorben. Sie hat nur einige Seufzer ausgestoßen, und alles ist vorüber gewesen. Bis zum letzten Augenblick hat ihr Miß Herbey mit einer uns tief ergreifenden Ergebenheit jegliche Sorgfalt gewidmet!

Die Nacht vergeht ohne jedes besondere Ereignis. Am Morgen, beim ersten Tagesgrauen, ergreife ich die Hand der Toten, die schon ganz erkaltet und starr ist. Den Körper können wir nicht länger im Mastkorb behalten. Miß Herbey und ich, wir wickeln sie in ihre Kleider, sprechen ein stilles Gebet für die Seele der unglücklichen Frau und übergeben sie den Fluten.

Da ruft uns einer der Leute, die sich in den Wanten befinden, die entsetzlichen Worte zu:

»Da, um diese Leiche wird es uns noch leid tun!«

Ich drehe mich um. Owen ist es gewesen, der das gesagt hat.

Dann beschleicht mich der Gedanke, daß uns die Lebensmittel tatsächlich mit der Zeit ausgehen könnten!

7. Dezember

Das Schiff sinkt weiter, die Spitze des Bugspriets ist verschwunden, und nur die drei Masten ragen noch aus dem Wasser.

Doch das Floß liegt bereit und ist mit allem beladen, was zu retten gewesen ist. Am Vorderteil ist eine Öffnung ausgespart, die einen Mast aufnehmen soll. Das große Toppsegel ist dafür bestimmt und wird uns vielleicht zur Küste treiben. Die Hoffnung wurzelt so fest im Menschen, daß ich sie auch jetzt noch nicht ganz verloren habe!

Es ist sieben Uhr morgens, und wir sind eben im Begriff, uns einzuschiffen, da sinkt das Schiff plötzlich ein gewaltiges Stück tiefer, so daß der Zimmermann und die auf dem Floß beschäftigten Leute gezwungen sind, die Taue zu kappen, um nicht mit in den Wirbel hinabgezogen zu werden.

Unser bemächtigt sich eine unbeschreibliche Angst, denn in dem Augenblick, da das Schiff weiter sinkt, treibt unsere einzige rettende Planke mit der Strömung fort.

Zwei Seeleute und ein Schiffsjunge verlieren den Kopf, stürzen sich ins Meer, aber sie kämpfen vergebens gegen den Seegang. Es liegt auf der Hand, daß sie weder das Floß erreichen noch an Bord zurückgelangen werden, denn Wind und Wellen haben sie gegen sich. Robert Kurtis schlingt sich einen Strick um den Leib und versucht ihnen zu Hilfe zu eilen. Vergeblich! Noch bevor er sie erreicht hat, sehe ich die drei Unglücklichen, die sich mit aller Macht zu halten suchen, langsam verschwinden, nachdem sie flehentlich die Arme nach uns ausgestreckt haben.

Man zieht Robert Kurtis wieder heran, der bei dem wildbewegten Wasser nicht ohne Verletzung an Bord gelangt.

Inzwischen mühen sich Douglas und seine Leute mit Stangen, die sie als Ruder gebrauchen, ab, sich wieder dem Schiff zu nähern, doch erst nach einer Stunde – eine Stunde, die uns eine Ewigkeit scheint und während deren das Wasser bis zu den Mastkörben steigt – gelingt es, das Floß, das sich auf zwei Kabellängen von uns entfernt gehabt hat, neben die »Chancellor« zu legen. Der Bootsmann wirft Douglas eine Leine zu,

und das Floß wird noch einmal an die Wanten des Großmastes gebunden.

Jetzt ist kein Augenblick zu verlieren, denn ein furchtbarer Wirbel entsteht rings um den gesunkenen Schiffsrumpf, aus dem große Luftblasen aufsteigen.

»Einschiffen! Einschiffen!« ruft Robert Kurtis.

Wir stürzen auf das Floß. André Letourneur beobachtet erst, daß auch Miß Herbey darauf gelangt, und erreicht dann selbst glücklich die Plattform, wohin ihm sein Vater unmittelbar folgt. In kürzester Zeit sind wir alle eingeschifft – alle, bis auf den Kapitän Robert Kurtis und den alten Matrosen O'Ready.

Robert Kurtis steht noch auf dem Mastkorb des Großmastes und will sein Schiff nicht eher verlassen, als bis es in den Abgrund versinkt; das ist seine Pflicht und sein Recht. Man fühlt es mit, daß ihm fast das Herz bricht, da er die »Chancellor«, die er liebt und befehligt, aufzugeben gezwungen ist!

Der Ire ist im Mastkorb des Besanmastes geblieben.

»Schiff dich ein, Alter!« ruft ihm der Kapitän zu.

»Geht das Schiff tatsächlich unter?« fragt der Starrkopf mit der größten Gleichgültigkeit.

»Ja, es ist soweit.«

»Ich komme ja schon«, antwortet O'Ready, als ihm das Wasser bis an den Gürtel gestiegen ist.

Kopfschüttelnd begibt er sich auf das Floß.

Noch einen Augenblick verweilt Robert Kurtis auf dem Mastkorb, wirft einen Blick ringsum und verläßt als letzter sein Fahrzeug.

Es ist die höchste Zeit. Die Taue werden gekappt, und langsam treibt das Floß ab.

Unser aller Augen sind zu der Stelle gerichtet, an der das Schiff untergeht. Erst verschwindet die Spitze des Besanmastes, dann die des Großmastes, und nun ist – nichts mehr sichtbar von der schönen »Chancellor«.

DREISSIGSTES KAPITEL

Fortsetzung vom 7. Dezember

Jetzt trägt uns also das Floß. Versinken kann es zwar nicht, denn das Holz, aus dem es gebaut ist, wird immer schwimmen. Doch das Meer vermag durchaus das Floß zu zertrümmern. Und was dann?

Von den achtundzwanzig Personen, die in Charleston an Bord gegangen sind, sind schon zehn umgekommen.

Wir sind noch achtzehn – achtzehn auf einem Floß, das vierzig Fuß Länge und etwa zwanzig Fuß Breite hat.

Hier die Namen der Überlebenden: die Herren Letourneur, der Ingenieur Falsten, Miß Herbey und ich als Passagiere; Kapitän Kurtis, Leutnant Walter, der Hochbootsmann, der Steward Hobbart, der Koch Jynxtrop, der Zimmermann Douglas und die sieben Matrosen Austin, Owen, Wilson, O'Ready, Burke, Sandon und Flaypol.

Hat uns der Himmel in den zweiundsiebzig Tagen seit unserer Abfahrt von der amerikanischen Küste nun hinreichend geprüft, hat seine Hand schwer genug auf uns gelegen? Auch der Vertrauensvollste würde daran zu zweifeln beginnen.

Doch lassen wir die Zukunft, denken wir an die Gegenwart, und fahren wir fort, die Szenen dieses Dramas in der Reihenfolge, wie sie sich entwickeln, zu registrieren.

Die Passagiere des Floßes sind bekannt. Was aber sind ihre Hilfsmittel?

Robert Kurtis hat nichts anderes einschiffen lassen können als das, was von dem der Kombüse entnommenen Proviant übrig gewesen ist. Es ist wenig, wenn man bedenkt, daß achtzehn Personen zu ernähren sind und wie lange es dauern kann, bis uns ein Schiff begegnet oder bis wir Land in Sicht bekommen. Ein Faß Schiffszwieback, ein Faß getrocknetes Fleisch, ein kleines Tönnchen Branntwein, zwei Behälter mit Wasser, das ist alles, was zusammengerafft werden konnte, so daß wir uns vom ersten Tag an mit zugemessenen Rationen begnügen müssen.

An Kleidungsstücken zum Wechseln besitzen wir ganz und gar nichts. Einige Segel dienen uns als Decken und Schutzdächer. Die Werkzeuge des Zimmermanns Douglas, der Sextant, der Kompaß, eine Karte, unsere Taschenmesser, ein Kochkessel und eine Weißblechtasse, die den alten Iren O'Ready nie verlassen hat, das sind die Instrumente und Geräte die übrig sind, denn alle auf Deck bereitgelegten und für das erste Floß bestimmten Kästen sind verlorengegangen. Das also ist unsere Lage. Sie ist schwierig, doch nicht verzweifelt. Leider muß befürchtet werden, daß mehr als einem mit der physischen Kraft auch die psychische schwinden wird, und es befinden sich einige unter uns, die nur schwer im Zaum zu halten sind.

EINUNDDREISSIGSTES KAPITEL

Fortsetzung vom 7. Dezember

Am ersten Tag ist nichts Besonderes geschehen.

Heute hat Kapitän Robert Kurtis uns alle, Passagiere und Matrosen, versammelt.

»Meine Freunde«, sagt er zu uns, »achten Sie wohl auf meine Worte. Ich kommandiere auf diesem Floß ebenso wie an Bord der »Chancellor«, und ich rechne ohne Ausnahme auf unbedingten Gehorsam. Denken wir nur an das allgemeine Wohl, seien wir einig, und möge der Himmel uns gnädig sein.«

Alle nehmen diese Worte mit Befriedigung auf.

Die schwache Brise, die jetzt weht und deren Richtung der Kapitän mit dem Kompaß bestimmt, nimmt etwas zu und bläst mehr aus Norden. Das ist günstig für uns, treibt uns dieser Wind doch auf die Küste Südamerikas zu.

Sofort geht der Zimmermann Douglas daran, den Mast in die dazu vorgesehene Öffnung zu stecken, den er durch zwei Spieren sorgsam stützt. Währenddessen befestigen der Hochbootsmann und die Matrosen das kleine Toppsegel an der Stenge, die zu diesem Zweck aufbewahrt worden ist.

Um neun Uhr dreißig wird das Segel gehißt, und unser Floß bewegt sich mit dem Wind im Rücken merklich fort.

Nachdem diese Arbeit beendet ist, versucht der Zimmermann auch ein Steuerruder herzustellen, um mit dessen Hilfe das Floß in der gewünschten Richtung zu halten. Robert Kurtis und Ingenieur Falsten gehen ihm dabei mit Rat und Tat zur Hand, und nach zwei Stunden ist am Heck ein Bootsriemen angebracht, ähnlich denen, wie sie an den malaiischen Dschunken gebräuchlich sind.

Inzwischen hat Kapitän Robert Kurtis die nötige Beobachtung unternommen und die geographische Länge bestimmt, und zu Mittag gelingt es ihm, die Sonnenhöhe mit großer Genauigkeit zu messen.

Unsere Position ist nach seiner Beobachtung 15° 7′ nördlicher Breite, 49° 35′ westlicher Länge von Greenwich.

Durch unsere Karte ergibt sich, daß wir uns sechshundertfünfzig Meilen nordöstlich von Paramaribo, das heißt dem nächsten Punkt des amerikanischen Kontinents, befinden.

Aber selbst wenn wir Glück haben, dürfen wir nicht, auch nicht bei konstanter Hilfe durch den Passatwind, darauf rechnen, mehr als zehn bis zwölf Meilen täglich zurückzulegen. Danach hätten wir mit einer Fahrt von zwei Monaten zu rechnen, und das unter den günstigsten Umständen, es sei denn – und das ist wenig wahrscheinlich –, wir begegneten einem Schiff. Der Atlantische Ozean ist gerade in diesem Teil weit weniger befahren als nördlich oder südlich davon. Wir sind zu unserm Unglück zwischen die Schiffswege nach den Antillen und die nach Brasilien getrieben worden; rechnen wir also nicht mit dem Zufall einer Begegnung. Wenn wir noch überdies in die Regionen der Kalmen kämen oder wenn uns ein umschlagender Wind nach Osten treiben sollte, werden aus den zwei Monaten vier, ja sechs werden, und vor Ablauf des dritten dürften unsere Lebensmittel wohl zur Neige gehen!

Die Klugheit erfordert also, daß wir uns unendlich einschränken. Kapitän Kurtis hat uns das alles vorgestellt, und wir haben das, worüber wir verfügen, genau eingeteilt. Für alle ohne Unterschied werden die Rationen so bemessen, daß Hunger und Durst wenigstens halb gestillt werden.

Die Führung des Floßes erfordert keinen großen Aufwand an Kraft, und so könnten wir vielleicht auskommen mit dem, was uns zugemessen ist. Der Branntwein, von dem das Fäßchen nur fünf Gallonen enthält, soll nur mit größter Sparsamkeit verteilt werden, niemand ohne ausdrückliche Erlaubnis des Kapitäns hat das Recht, ihn anzurühren.

Das also sind unsere Rationen: fünf Unzen Fleisch und fünf Unzen Schiffszwieback täglich für jeden! Das ist zwar wenig, doch mehr ist nicht da. Wasser besitzen wir etwa hundertdreißig Gallonen, und wir sind dahin übereingekommen, jedem täglich eine Pinte zu verabreichen, wobei wir auch drei Monate ausreichen werden.

Jeden Morgen um zehn Uhr findet durch den Bootsmann die Verteilung der Lebensmittel statt. Jeder empfängt dann die ihm zukommende Ration, die er verzehren kann, wann es ihm beliebt. Das Wasser, für das es uns an geeigneten Gefäßen fehlt, um es zu schöpfen, soll zweimal des Tags, morgens um zehn Uhr und abends um sechs Uhr, ausgeteilt werden, jeder muß es sofort trinken.

Es ist nicht zu vergessen, daß es noch zwei Möglichkeiten gibt, unsere Vorräte zu verlängern: den Regen, der uns Wasser liefern würde, und den Fischfang, der uns mit Fischen versorgen könnte. Zum Auffangen des Regens werden zwei leere Behälter aufgestellt, und die Matrosen gehen daran, geeignetes Angelgerät herzustellen.

Das sind die Maßnahmen, die wir verabredet haben und strengstens einzuhalten übereingekommen sind. Nur dadurch dürften wir hoffen, einer Hungersnot vorzubeugen. Wir kennen alle genug Beispiele, die uns die peinlichste Vorsicht geraten erscheinen lassen, und wenn wir wirklich den Becher des Unglücks bis zum letzten Tropfen leeren sollen, so wird es uns beruhigen, getan zu haben, was in unseren Kräften gestanden hat.

ZWEIUNDDREISSIGSTES KAPITEL

8.–17. Dezember

Es ist Abend geworden, wir haben uns mit Segelstücken zugedeckt, und da mich der Aufenthalt im Mastkorb furchtbar ermüdet gehabt hat, habe ich einige Stunden geschlafen. Das verhältnismäßig gering belastete Floß hebt und senkt sich leicht, und da das Meer nicht schäumt, werden wir nicht durchnäßt. Ruhiges Meer heißt aber natürlich: kein Wind, was uns auch nicht recht ist. Und gegen Morgen muß ich in mein Journal eintragen: »Ruhiges Wetter«.

Bis zum Anbruch des Tages hat sich nichts Neues ereignet. Auch die Herren Letourneur haben einen Teil der Nacht geschlafen, und noch einmal haben wir uns die Hand gedrückt. Miß Herbey hat ebenfalls geschlummert; fast bin ich versucht zu sagen: Jetzt geht es ihr besser als je zuvor auf unserer Reise.

Wir befinden uns unterhalb des fünfzehnten Breitengrades. Die Hitze am Tag ist sehr groß, und die Sonne strahlt ungewöhnlich hell. Da der Wind nur stoßweise weht, hängt das Segel während der Ruhepausen, die immer länger werden, schlaff am Mast. Robert Kurtis und der Bootsmann wollen aus gewissen nur den Seeleuten bekannten Zeichen erkennen, daß uns eine Strömung von zwei bis drei Knoten nach Westen trägt. Das wäre sehr günstig und würde unsere Überfahrt merklich abkürzen. Möchten der Kapitän und der Hochbootsmann sich nicht getäuscht haben, denn bei der hohen Lufttemperatur dieser Tage wird die Wasserration kaum reichen, auch nur den quälendsten Durst zu löschen.

Und doch, seitdem wir die »Chancellor« oder vielmehr die Mastkörbe des Schiffes verlassen und uns auf das Floß geflüchtet haben, hat sich unsere Lage wesentlich verbessert, denn das Floß, das uns trägt, ist immerhin ein besserer Aufenthalt als eben die Mastkörbe. Alle, ich wiederhole es, erkennen die Verbesserung unserer Lage an. Man kann sich bewegen, hin und her gehen. Am Tag tritt man wohl zusammen, plaudert, bespricht dieses und jenes oder betrachtet das Meer. In der Nacht schläft man unter der Segeldecke. Die Beobachtungen des Himmels, die nötige Aufmerksamkeit auf die Logleinen, die ausgelegt sind, um die Geschwindigkeit der Fahrt zu bestimmen, alles erweckt unser Interesse.

»Mister Kazallon«, sagt André Letourneur einige Tage nach unserer Einschiffung auf das Floß zu mir, »es scheint, als sollten wir hier die Tage der Ruhe wiederfinden, die unsern Aufenthalt auf dem Ham-Rock-Eiland so angenehm gemacht haben.«

»Gewiß, so scheint es, mein lieber André«, antworte ich.

»Doch möchte ich auch hinzufügen, daß das Floß einen großen Vorzug vor dem Eiland hat – es trägt uns weiter!«

»Solange wir günstigen Wind behalten, André, ist der Vorzug offenbar auf der Seite des Floßes, wenn dieser jedoch umschlägt...«

»Sie haben recht, Mister Kazallon«, antwortet der junge Mann. »Doch wir wollen nicht verzagen, sondern voller Hoffnung sein!«

Ja, diese Hoffnung hegen jetzt auch alle andern! Es sieht so aus, als ob wir die fürchterlichsten Prüfungen nun hinter uns haben! Alles hat sich günstiger gestaltet, und es ist niemand unter uns, der sich jetzt nicht beruhigt fühlt!

Was in Robert Kurtis vorgeht, weiß ich nicht; ebensowenig vermag ich zu sagen, ob er unsere Gedanken teilt, denn er hält sich etwas abseits. Gewiß ist die große Verantwortung daran schuld, die er trägt. Er ist unser Kapitän, der nicht nur für sich selbst, sondern für uns alle zu sorgen hat! Ich weiß, daß er darin seine Pflicht sieht. Oft steht er in Gedanken versunken da, und jeder vermeidet es dann, ihn zu stören.

Die langen Stunden ohne Beschäftigung bringt der größte Teil der Mannschaft auf dem Vorderteil schlafend zu. Auf Anordnung des Kapitäns ist das Heck für die Passagiere reserviert worden, wo man auf Stangen ein Zelt errichtet hat, das uns einigen Schutz gewährt. Wir alle fühlen uns einigermaßen wohl. Nur Leutnant Walter gelangt nicht wieder zu Kräften. Alle ihm zugewandte Sorgfalt ist vergebens, von Tag zu Tag wird er schwächer.

André Letourneur schätze ich jetzt mehr denn je. Dieser liebenswürdige junge Mann ist die Seele unserer kleinen Welt. Durch seinen wachen Geist überrascht er häufig mit neuen Ideen und unerwarteten Anschauungen der Situation. Seine Unterhaltung zerstreut immer und belehrt nicht selten. Wenn André spricht, belebt sich seine kränkelnde Physiognomie. Sein Vater nimmt die Worte des Sohns begierig auf; manchmal faßt er die Hand des Sohnes und betrachtet sie lange Zeit.

Dann und wann mischt sich auch, obwohl mit aller Zurückhaltung, Miß Herbey in unser Gespräch; jeder von uns bemüht sich nach Kräften, sie durch kleine Zuvorkommenheiten vergessen zu lassen, daß sie all die verloren hat, die eigentlich ihre Beschützer hätten sein sollen. In André Letourneur hat das junge Mädchen einen verläßlichen Freund gefunden, und zu ihm spricht sie mit der Offenheit, die dasselbe Alter hervorruft. Auf seine Bitte hat sie ihm von ihrem Leben erzählt – ein Leben voll Mut und Selbstverleugnung, das so häufige Los der armen Waisen. Seit zwei Jahren war sie im Haus Mr. Kears, und jetzt ist sie ohne alle Mittel, ohne Aussichten auf die Zukunft, doch immer voller Vertrauen, da sie sich gegen jede Prüfung des Schicksals gewappnet fühlt. Miß Herbey erzwingt sich durch ihren Charakter, ihre moralische Festigkeit die ungeteilte Hochachtung, und auch die weniger feinfühligen Matrosen hüten sich vor jedem Wort und jeder Geste, die sie unangenehm berühren könnten.

Vom 12. bis 14. Dezember ist keine Änderung in der Situation eingetreten, in wechselnder Stärke hat der Wind anhaltend aus Osten geweht. Irgendwelche Schiffsmanöver sind auf dem Floß überflüssig, selbst das Ruder braucht in seiner Stellung nicht geändert zu werden. Unser Floß läuft mit dem Wind im Rücken, und seine Gestalt verhindert das Schwanken nach dieser oder jener Seite. Im Vorderteil bleiben stets einige Matrosen auf Wache, die beauftragt sind, das Meer mit peinlichster Sorgfalt zu beobachten.

Sieben Tage sind nun verflossen, seit wir die »Chancellor« verlassen haben, und ich gestehe, daß wir uns an die Rationen schon gewöhnt haben – wenigstens was das Essen betrifft. Freilich sind unsre Kräfte auch durch nichts in Anspruch genommen. Und unter derartigen Verhältnissen braucht der Mensch nur wenig zu seiner Ernährung. Am meisten empfinden wir die Wasserknappheit, bei dieser großen Hitze reicht das uns zugeteilte Quantum einfach nicht aus.

Am 15. Dezember wimmelt es plötzlich rund um das Floß von vielen Fischen, von Seebrassen. Obwohl unser Angelgerät nur aus langen Schnüren besteht, an denen ein umgebogener Nagel mit einem Stückchen gedörrten Fleisches als Lockspeise befestigt ist, gelingt es uns doch, eine nicht unbeträchtliche Menge dieser Brassen zu fangen.

Der Tag beschert uns einen wahrhaft wunderbaren Fischzug und veranlaßt ein richtiges Fest an Bord. Ein Teil jener Fische wird geröstet, ein andrer in Meerwasser über einem auf dem Vorderteil angezündeten Holzfeuer gekocht. Oh, das ist eine Mahlzeit! Und dabei sparen wir unsre Vorräte. Diese Brassen erscheinen in solcher Menge, daß wir binnen zweier Tage über zweihundert Pfund fangen. Wenn jetzt noch Regen fallen sollte, müßte sich alles für uns zum besten wenden.

Leider hielt sich jener Fischschwarm nicht lange in unserer Nähe auf.

Am 17. sind einige große Haifische, vier bis fünf Meter lange Tigerhaie, an der Oberfläche des Meeres erschienen. Ihre Kiefer und der untere Teil des Körpers sind schwarz, mit weißen Flecken und Querlinien versehen. Die Gegenwart dieser gefährlichen Tiere hat immer etwas Beunruhigendes, denn unser Floß überragt das Wasser ja nicht viel, und schon mehrmals haben sie mit dem Schwanz heftig gegen das Floß geschlagen. Zwar ist es den Matrosen gelungen, sie durch Stöße mit Spieren zu vertreiben, doch sollte es mich sehr wundern, wenn sie uns nicht wie eine Beute, die ihnen nicht entgehen wird, hartnäckig folgen. Geschöpfe, die so etwas zu wittern scheinen, mag ich keineswegs.

18. bis 20. Dezember

Heute hat sich das Wetter geändert, der Wind hat merklich aufgefrischt. Wir klagen nicht darüber, denn er weht uns günstig. Nur wird der Mast sorglich noch mehr verstärkt, damit er bei größerem Segeldruck nicht bricht. Nachdem das geschehen ist, fährt unser schwerfälliges Floß schneller und läßt einen langen Streifen Kielwasser hinter sich.

Nachmittags haben einige Wolken den Himmel bedeckt, und die Hitze ist nun weniger erdrückend. Der Seegang bewegt das Floß mehr als vorher, und zwei- oder dreimal ist eine Welle darüber hinweggeschlagen. Zum Glück hat der Zimmermann aus Schiffsplanken ein notdürftiges Schanzkleid errichtet, es ist zwei Fuß hoch und schützt doch wenigstens etwas gegen das Meer.

Die Fässer mit den Lebensmitteln und die Wassertonnen werden mit doppelten Tauen gesichert. Wenn uns eine Sturzsee diese Fässer entführte, würden wir in die ärgste Not geraten, und niemand vermag an einen solchen Unfall ohne Schaudern zu denken!

Am 18. haben die Matrosen einige Seepflanzen aufgefischt, die den auf unsrer Fahrt von den Bermudas bis zum Ham-Rock angetroffenen sehr ähneln. Es sind lange Schlinggewächse mit einem zuckerhaltigen Saft, und ich überrede meine Gefährten zu einem Versuch, die Stengel zu kauen. Sie tun es und stimmen mir zu, daß sie davon eine wohltuende Erfrischung verspüren.

Sonst ereignet sich an diesem Tag nichts Neues; nur fällt es mir auf, daß einige Matrosen, vor allem Owen, Burke, Flaypol, Wilson und Jynxtrop, miteinander zischeln, ich finde freilich nicht heraus, worum es dabei geht. Ich bemerke auch, daß sie sofort schweigen, wenn sich ihnen einer der Offiziere oder der Passagiere nähert. Robert Kurtis hat diese Zischelei ebenfalls wahrgenommen. Diese heimlich geführten Gespräche gefallen ihm nicht, und er nimmt sich vor, auf jene Leute ein wachsames Auge zu haben. Der Koch Jynxtrop und der Matrose Owen sind, wie sich herausgestellt hat, zwei Spitzbuben, denen man nicht allzuviel trauen darf; sie sind offensichtlich diejenigen, die die andern zu etwas zu überreden versuchen.

Am 19. wird die Hitze unerträglich, kein Wölkchen zeigt sich am Himmel. Der schwache Luftzug schwellt die Segel nicht, das Floß bewegt sich kaum mehr. Einige Matrosen sind ins Meer gesprungen, und dieses Bad hat ihnen tatsächlich Erleichterung verschafft, indem es ihren Durst einigermaßen vermindert hat. Doch es ist nicht ungefährlich, sich in die von Haifischen unsicher gemachten Wellen zu wagen, und keiner von uns hat Lust verspürt, es jenen Leichtsinnigen nachzutun. Wer weiß, ob sich das in Zukunft nicht ändert? Wenn man das unbewegte Floß sieht, die langen ungefurchten Wellen des Ozeans, das schlaffe Segel am Mast, sollte man da nicht befürchten, daß über längere Zeit keine Änderung eintritt.

Die Gesundheit des Leutnants Walter bereitet uns von Tag zu Tag mehr Sorge. Der junge Mann wird von einem schleichenden Fieber verzehrt, das ihm in unregelmäßigen Anfällen zusetzt. Vielleicht hätte ihm Chinin Linderung verschafft. Doch, ich wiederhole es, das Schiff ist so schnell gesunken, daß der Arzneikasten nicht hat gerettet werden können. Übrigens leidet der junge Mann offenbar an der Auszehrung, und diese unheilbare Krankheit hat seit einiger Zeit reißende Fortschritte gemacht. Alle Anzeichen sprechen für die Richtigkeit dieser Annahme. Walter quält sich mit einem trockenen Husten, sein Atem ist kurz, und gegen Morgen befällt ihn ein heftiger Schweißausbruch; er magert sichtlich ab, seine Nase wird spitzer, die hervorstehenden Backenknochen röten die Haut darüber und lassen das Gesicht noch bleicher erscheinen, als es schon ist, seine Wangen sind hohl, und die Augen glänzen unnatürlich. Doch selbst wenn der Leutnant Pflege bekäme, dürfte sich die Heilkunst ohnmächtig erweisen gegenüber einem Leiden, das kein Erbarmen kennt.

Am 20. herrscht derselbe Zustand der Atmosphäre, dieselbe Unbeweglichkeit des Floßes. Die Sonnenstrahlen durchdringen auch unser Zelt, und wir schmachten und seufzen bei der unerträglichen Glut. Mit welcher Ungeduld erwarten wir den Augenblick, in dem der Bootsmann die geringe Wasserration verteilt, und mit welcher Gier trinken wir dann die wenigen Tropfen der lauwarmen Flüssigkeit! Wer niemals vor Durst am Verschmachten gewesen ist, vermag sich diese Höllenqual überhaupt nicht vorzustellen!

Leutnant Walter leidet schwerer an diesem Wassermangel als irgendein anderer. Ich habe es gesehen, daß Miß Herbey ihm fast ihre gesamte Ration überlassen hat. Das gefühlvolle und mitleidige junge Mädchen tut alles mögliche, um die Leiden unseres unglücklichen Gefährten wenn nicht zu stillen, so doch zu lindern.

Heute hat mich Miß Herbey, die immer besorgter wird, daraufhin angesprochen.

»Dieser Unglückliche wird tagtäglich schwächer«, beginnt sie und blickt sich vorsichtig um.

»Ja, Miß«, antworte ich, »und wir können nichts für ihn tun, gar nichts!«

»Leise«, bittet Miß Herbey, »er könnte uns hören!«

Dann setzt sie sich ganz an das Ende des Floßes und ergibt sich, den Kopf in den Händen, ihren Gedanken.

Noch etwas recht Bedenkliches ist heute geschehen, was ich nicht übergehen darf.

Eine Stunde lang haben die Matrosen Owen, Flaypol, Burke und der Koch Jynxtrop in eifrigem, aber geflüstert geführtem Gespräch zusammengestanden, wobei sich ihre Erregung durch die lebhaftesten Gestikulationen verraten hat. Schließlich begibt sich Owen ohne Umstände zu dem für die Passagiere reservierten Heck des Floßes.

»Wohin willst du, Owen?« fragt ihn der Hochbootsmann. »Dort hast du nichts zu suchen!«

»Dahin, wo ich etwas zu tun habe«, antwortet der Matrose frech. Bei dieser unverschämten Antwort verläßt der Hochbootsmann seinen Platz, doch schon vor ihm steht Robert Kurtis Owen Auge in Auge gegenüber.

Der Matrose erträgt den zornflammenden Blick seines Vorgesetzten und beginnt:

»Kapitän, ich habe mit Ihnen im Namen meiner Kameraden zu sprechen.«

»Rede«, erwidert Robert Kurtis kurz und bündig.

»Es handelt sich um den Branntwein«, fährt Owen fort. »Sie wissen, das kleine Fäßchen . . . Wird das für die Meerschweine oder für die Offiziere aufgehoben?«

»Nun . . .?« sagt Robert Kurtis.

»Wir verlangen jeden Morgen wie üblich unsern Schluck.«

»Nein«, antwortet der Kapitän.

»Sie sagen . . .?« ruft Owen.

»Nochmals: Nein!«

Der Matrose blickt Robert Kurtis scharf an, und ein boshaftes Lächeln umspielt seine Lippen. Er zögert einen Augenblick, ob er seine Forderung wiederholen soll, doch zieht er sich, ohne ein Wort hinzuzufügen, zurück und geht wieder zu seinen Kameraden, mit denen er heimlich spricht.

Hat Robert Kurtis wohl recht daran getan, jenes Verlangen so rundweg abzuschlagen? Das wird die Zukunft lehren.

Als ich ihn deshalb anspreche, antwortet er:

»Diesen Leuten noch Branntwein? Lieber werfe ich das Fäßchen ins Meer!«

VIERUNDDREISSIGSTES KAPITEL

21. Dezember

Jener Zwischenfall hat, wenigstens bis heute, noch keine weiteren Folgen gehabt.

Während einiger Stunden zeigen sich die Seebrassen wieder rings um das Floß, und wieder fangen wir eine große Anzahl von ihnen. Sie werden in ein leeres Faß gepackt, und dieser Zuwachs an Nahrungsmitteln läßt uns hoffen, daß wir wenigstens vom Hunger verschont bleiben werden.

Der Abend ist gekommen, doch ohne die gewohnte Abkühlung. Zumeist sind nämlich die Nächte in den Tropen kühl, die heutige Nacht dagegen droht erstickend zu werden, und schwerer Dunst steigt langsam aus den Fluten. Um ein Uhr dreißig Minuten früh wird Neumond sein. Tief dunkel bleibt es bis zu dem Augenblick, da ein fernes Wetterleuchten den Horizont erhellt.

Blitze zucken auf und scheinen den Himmel in Brand zu setzen. Vom Donner ist jedoch nichts zu hören, und die Luft erscheint gerade erschreckend ruhig.

Zwei Stunden lang, während deren wir nach einem minder glühenden Lüftchen schmachten, betrachten Miß Herbey, André Letourneur und ich jene Vorläufer eines Ungewitters, gewissermaßen die Vorversuche der Natur, und vergessen ganz unsre augenblickliche Lage über der Bewunderung des großartigen Schauspiels eines Kampfes am nächtlichen Himmel. Wir vermeinen hohe, mit Feuer bekrönte Zinnen zu sehen. Auch der stumpfste Mensch ist für diese gewaltigen Szenen empfänglich, und so wie wir betrachten auch die Matrosen dieses Naturschauspiel. Ohne Zweifel sehen sie dieses ferne Wetter nicht ohne eine gewisse Unruhe. Was würde aus dem Floß werden, wenn wir da mittendrin wären? Bis Mitternacht bleiben wir so am Heck sitzen.

»Fürchten Sie sich vor dem Gewitter, Miß Herbey?« fragt André Letourneur das junge Mädchen.

»Nein, mein Herr«, antwortet Miß Herbey, »es ist eher ein Gefühl von Ehrfurcht. Ist dieses Wetterleuchten nicht eine der prachtvollsten Erscheinungen, die wir bewundern können?«

»Nichts wahrer als das, Miß Herbey«, antwortet André, »und vor allem, wenn der Donner grollt.«

»Wie ein tiefer Baß ist das!« sage ich lächelnd.

»Ja«, antwortet André, »wenn wir ihn doch bald hören würden!«

»Meinen Sie das wirklich, André?« erwidere ich.

»Nun, das Gewitter ist schließlich gleichbedeutend mit Wind!«

»Und mit Wasser«, fügt Miß Herbey hinzu, »mit Wasser, an dem es uns fehlt!«

Inzwischen hat sich das Firmament allmählich hinter schweren Wolken versteckt, und die Sterne im Zenit verschwinden einer nach dem andern, kurze Zeit nachdem die Sternbilder des Tierkreises verschwunden sind. Die dicken schwarzen Wolken ballen sich über unserm Haupt und verdecken auch die letzten Sterne. Jeden Augenblick kann das Gewitter mit voller Kraft ausbrechen. Robert Kurtis und der Hochbootsmann sind derselben Ansicht.

Keiner von uns denkt daran, zu schlafen; niemand würde es auch fertigbringen, denn die schwüle Luft ist zum Ersticken. Die Blitze durchzucken den Horizont in einer Ausdehnung von hundert bis hundertfünfzig Grad.

Endlich wird das Rollen des Donners deutlicher und stärker; doch besteht es, wenn man so sagen darf, aus einem abgerundeten Ton, ohne scharfe Akzente, aus einem Grollen, das noch kein Echo weckt. Das Himmelsgewölbe erscheint wie gepolstert mit diesen Wolken, deren Elastizität den Schall der elektrischen Entladungen erstickt.

Noch ist das Meer ruhig, es ist, als ob es schwer atme. Die langen Wellenberge täuschen die Seeleute aber nicht mehr. Für sie ist das Meer »dabei, sich zu machen«, und in der Ferne wird jetzt schon ein Sturm ausgebrochen sein, der bis hierher zu spüren ist. Der entsetzliche Wind wird nicht mehr weit weg sein, und ein Schiff würde man aus Vorsicht schon jetzt ihm gerade entgegenstellen, doch mit dem Floß ist nicht zu manövrieren, ihm bleibt nichts übrig, als abzuwarten, was geschieht.

Um ein Uhr morgens zeigt uns ein greller Blitz, dem nach wenigen Sekunden ein prasselnder Donnerschlag folgt, daß das Gewitter über uns ist. Um uns ist plötzlich dichter Dunst, der sich auf das Floß herniederzusenken scheint.

Da ruft einer der Matrosen:

»Da wälzt er sich heran! Der Sturm! Der Sturm!«

Die Nacht vom 21. zum 22. Dezember

Der Bootsmann stürzt zu dem Seil, das das Segel hält, und sofort wird die Stenge herabgelassen. Es war höchste Zeit, denn der Sturm braust furchtbar über uns hinweg. Ohne den warnenden Zuruf des Matrosen wären wir wohl umgeworfen worden. Das Zelt am Heck wird von einem Windstoß weggerissen.

Wenn das Floß nun auch vom Wind nicht mehr viel zu fürchten hat, da es zu flach ist, als daß es ihm Angriffsfläche böte, so können ihm doch die ungeheuren Wellen gefährlich werden, die der Orkan auftürmt. Einige Minuten lang scheinen die Wogen wie niedergehalten durch den Druck des Sturms, dann freilich türmen sie sich um so höher auf.

Das Floß folgt den regellosen Bewegungen des wildbewegten Wassers, und wenn es auch nicht von seiner Stelle weicht, so erzittert es doch bei dem ständigen Hin- und Herschwanken.

»Anbinden! Anbinden!« ruft der Hochbootsmann und wirft uns Seile zu.

Robert Kurtis ist uns zu Hilfe gesprungen, und bald sind die Herren Letourneur, Falsten und ich fest an das Gestell des Floßes geknüpft und können so lange bestimmt nicht fortgerissen werden, wie das Floß zusammenhält. Miß Herbey hat sich an einen jener starken Pfähle gebunden, die zuvor unser Zeltdach trugen, und beim Schein der Blitze sehe ich ihr immer heiteres Antlitz.

Ununterbrochen blendet jetzt das Feuer des Himmels und krachen die Donnerschläge. Dabei scheint die ganze Atmosphäre um uns in Flammen zu stehen. Trotz allem ist das Floß aber bis jetzt von einem Blitzschlag verschont geblieben.

Um zwei Uhr morgens rast das Unwetter in voller Wut. Der Wind ist zum Orkan geworden, und der entsetzliche Seegang droht unser Floß zu zerreißen. Der Zimmermann Douglas, Robert Kurtis und mehrere Matrosen sind bemüht, es durch zusätzliche Taue zu sichern. Ungeheure Sturzseen ergießen sich über uns, und das lauwarme Wasser durchnäßt uns bis auf die Knochen. Mr. Letourneur bietet dem wütenden Anprall die Brust, als könne er seinen Sohn dadurch schützen.

Miß Herbey bleibt unbeweglich; man könnte sie für eine Bildsäule der Ergebenheit ansehen.

Bei dem ununterbrochenen Blitzen bemerke ich sehr große und wahrscheinlich tiefhängende Wolken, die eine auffallend rötliche Farbe haben, und ein Knattern wie von Kleingewehrfeuer erfüllt die Luft. Wir werden von nußgroßen Hagelkörnern getroffen. Mit einem fast metallischen Ton schlagen diese Hagelkörner auf die Plattform auf.

Eine halbe Stunde hält dieser Hagelschauer an, wodurch sich der Wind etwas mäßigt; nachdem der aber durch alle Kompaßrichtungen gegangen ist, erhebt er sich wieder mit einer Gewalt ohnegleichen. Der Mast des Floßes, dessen Haltetaue gerissen sind, neigt sich, und wir beeilen uns, ihn aus seinem Fuß zu heben, damit er nicht bricht. Unser Steuerruder wird durch eine Welle zerstört, und der Bootsriemen treibt fort, ohne daß es möglich geworden ist, seiner wieder habhaft zu werden. Gleichzeitig werden auch die Schutzwände an Backbord eingedrückt, und wütend schlagen die Wellen durch diese Bresche.

Der Zimmermann und die Matrosen wollen versuchen, den Schaden zu beheben; bei den fortwährenden Stößen ist das freilich unmöglich, und sie fallen einer über den anderen, als das Floß, durch eine ungeheure Woge emporgehoben, sich um mehr als fünfundvierzig Grad neigt. Sind die Männer nicht mit weggeschwemmt worden? Werden die Taue, die uns halten, nicht reißen? Welches Wunder hat uns alle bewahrt, daß wir nicht ins Meer gespült worden sind? Ich weiß es nicht zu erklären. Mir scheint es fast unglaublich, daß das Floß bei den wilden Bewegungen nicht umgestürzt wird und wir, an seine Planken festgebunden, einem schrecklichen Tod entgegengehen!

Und tatsächlich kippt das Floß gegen drei Uhr morgens, als das Unwetter toller als je zuvor tobt, vom Rücken einer berghohen Woge gehoben, fast auf die Seite. Ein Aufschrei des Schreckens erschallt! Wir kentern! Nein! Langsam nimmt es wieder seine horizontale Lage ein, aber in dem Augenblick, da es schräg gestanden hat, sind die Taue der Wassertonnen gerissen. Eine droht über Bord zu gehen, während der Inhalt der andern zum Teil ausfließt.

Einige Matrosen springen hinzu, um das Faß, das unser Fleisch enthält, festzubinden. Da wird der Fuß des einen Matrosen von den etwas auseinandergedrückten Planken der Plattform eingeklemmt, der Unglückliche stößt einen durch und durch gehenden Schrei aus.

Ich will ihm zu Hilfe eilen, und es gelingt mir auch, die Stricke, mit denen ich mich angebunden habe, zu lösen. Zu spät! Bei einem blendenden Blitz sehe ich, wie der Unglückliche, dessen Fuß wieder frei geworden ist, durch einen Wogenschwall, der sich donnernd über uns stürzt, hinweggerissen wird. Sein Kamerad ist mit ihm verschwunden, ohne daß es möglich geworden ist, beiden zu helfen.

Mich hat die Sturzsee auf die Plattform niedergeworfen, ich bin mit dem Kopf gegen einen vorspringenden Balken geschlagen und habe eine Zeitlang das Bewußtsein verloren.

SECHSUNDDREISSIGSTES KAPITEL

22. Dezember

Endlich ist der Tag angebrochen, und die Sonne kommt zwischen den letzten Gewitterwolken wieder zum Vorschein. Dieser Kampf der Elemente hat nur wenige Stunden gedauert, doch er war entsetzlich. Und wieviel Schaden hat er uns in dieser kurzen Zeit verursacht, welche unersetzlichen Verluste; was für ein Elend droht nun über uns hereinzubrechen! Von dem Wasser, das er in Strömen herabgoß, haben wir nicht einen Tropfen auffangen können!

Infolge der Bemühungen der Herren Letourneur und Miß Herbeys bin ich bald wieder zu mir gekommen, aber Robert Kurtis' heldenmütiger Hilfe verdanke ich es, daß ich durch eine zweite Sturzsee nicht mit hinweggespült worden bin.

Der eine von den beiden durch das Unwetter umgekommenen Matrosen ist Austin, ein junger, gutmütiger, tätiger und beherzter Mann von achtundzwanzig Jahren. Der andere ist der alte Ire O'Ready, der Überlebende so vieler Schiffbrüche!

Jetzt sind wir nur noch sechzehn Personen auf dem Floß, das heißt, fast die Hälfte derer, die sich an Bord der »Chancellor« eingeschifft haben, ist schon umgekommen.

Und was verbleibt uns noch an Lebensmitteln?

Robert Kurtis hat sich bald darüber Klarheit zu verschaffen versucht. Was haben wir, und wie lange wird es reichen?

Noch wird uns das Wasser nicht ganz fehlen, denn die eine Tonne enthält etwa vierzehn Gallonen, und die andre ist unversehrt. Aber das Faß mit dem Fleisch und das, in dem wir die gefangenen Fische aufbewahrten, sind uns beide entführt worden, und von diesen Vorräten besitzen wir nun absolut nichts mehr. Von dem Schiffszwieback sind nach Robert Kurtis' Schätzung nicht mehr als sechzig Pfund gerettet worden.

Sechzig Pfund Schiffszwieback für sechzehn, das ergibt für eine Woche Nahrung, täglich ein halbes Pfund für jeden.

Robert Kurtis hat uns alles bekanntgegeben. Schweigend haben wir ihm zugehört. Still ist auch der ganze Tag, der 22. Dezember, vorübergegangen; jeder ist mit sich selbst beschäftigt gewesen, doch offenbar sind

alle von demselben Gedanken bewegt worden. Mir scheint es, als betrachte man sich gegenseitig mit eigentümlichen Augen: Das Gespenst des Hungers droht. Bis jetzt hat uns zu essen und zu trinken noch nicht so sehr gefehlt. Nun muß die Wasserration verringert werden und noch mehr die an Zwieback!

Ich nähere mich den auf dem Vorderteil lang hingestreckten Matrosen und höre Flaypol ironisch sagen:

»Was einmal sterben soll, das tut schnell ab!«

»Ja«, antwortet Owen, »sie lassen dann wenigstens ihren Teil den andern übrig!«

Der Tag schleicht unter allgemeiner Niedergeschlagenheit dahin. Jeder empfängt sein halbes Pfund Schiffszwieback. Die einen verschlingen es voller Gier sofort, andere teilen es sorglich ein. Der Ingenieur Falsten scheint mir seine Ration in so viele Teile zerlegt zu haben, wie er am Tag Mahlzeiten zu halten gewohnt ist.

Wenn uns nur einer überlebt, dann wird das Falsten sein!

SIEBENUNDDREISSIGSTES KAPITEL

23. bis 31. Dezember

Nach dem Sturm hat der Wind nach Nordost gedreht und ist für uns zur günstigen Brise geworden. Wir müssen ihn benutzen, da er uns zum Land zu treiben verspricht.

Den Mast hat Douglas jetzt sorgfältig erneuert, das Segel wird gehißt, und das Floß treibt mit einer Geschwindigkeit von zwei bis zweieinhalb Knoten weiter.

Man hat auch versucht, mit einer Stange und einem daraufgenagelten Brett wieder ein Steuer herzustellen, das wohl oder übel seine Schuldigkeit tut. Bei der geringen Geschwindigkeit, die der Wind dem Floß verleiht, wird es schließlich nicht allzusehr beansprucht.

Die Plattform ist mit Keilen und Stricken so gut wie möglich wieder instand gesetzt worden. Die locker gewordenen Planken sind aufs neue befestigt. Die Backbordwand, die der Sturm eingedrückt hat, ist wieder geschlossen und schützt uns vor den Wellen. Mit einem Wort, alles, was wir haben tun können, unsere Lage zu sichern, ist geschehen; doch von dieser Seite her droht uns ja nicht die größte Gefahr.

Mit dem wolkenlosen Himmel hat sich auch jene tropische Hitze wieder eingestellt, unter der wir schon während der vorhergehenden Tage so unsäglich zu leiden gehabt haben. Heute ist sie freilich durch die Brise einigermaßen gemildert, und da auch das Zeltdach auf dem Heck erneuert worden ist, finden wir darunter etwas Schatten.

Inzwischen macht sich die Knappheit an Proviant ernsthaft fühlbar. Alle leiden sichtlich unter dem Hunger. Hätten wir, um diesen Hunger zu betäuben, ein Narkotikum, Opium oder nur Tabak, wäre er gewiß erträglicher – aber uns fehlt ja alles!

Ein einziger fühlt diesen Hunger weniger: Es ist Leutnant Walter, den heftiges Fieber befallen hat, dafür aber quält ihn brennender Durst. Miß Herbey, die sich von ihrer eignen schmalen Wasserration etwas für den Kranken abdarbt, hat von dem Kapitän eine kleine Zugabe erwirkt, und jede Viertelstunde träufelt sie ein wenig davon auf die Lippen des Leutnants. Walter vermag kaum ein Wort zu sprechen und lohnt dem barmherzigen jungen Mädchen nur mit einem dankbaren Blick. Der Ärmste!

Sein Urteil ist gesprochen, und auch die beste Sorgfalt könnte ihn nicht retten, er wird sicher nicht mehr allzulange zu leiden haben!

Übrigens scheint er sich über seinen Zustand keiner Selbsttäuschung hinzugeben, denn er ruft mich durch ein Zeichen zu sich, und ich setze mich dicht neben ihn. Er rafft seine letzte Kraft zusammen, um zu sprechen, und haucht mir, von Pausen unterbrochen, zu:

»Herr Kazallon, wird es mit mir noch lange dauern?«

Sowenig ich auch nur mit der Antwort zögere, Walter bemerkt es doch.

»Die Wahrheit!« fährt er fort. »Bitte, die volle Wahrheit!«

»Ich bin ja kein Arzt, ich weiß es nicht.«

»Das tut nichts! Geben Sie mir Antwort, ich bitte Sie!«

Ich fasse den Kranken aufmerksam ins Auge und lege mein Ohr auf seine Brust. Seit einigen Tagen hat die Phthisis furchtbare Fortschritte in ihm gemacht. Offenbar arbeitet der eine Lungenflügel gar nicht mehr. Das heftige Fieber scheint mir das Symptom des nahen Endes zu sein.

Was soll ich auf die Frage des Leutnants antworten?

Forschend ruht sein Blick auf mir, so daß ich mir kaum zu helfen weiß, und ich suche nach einer ausweichenden Erwiderung.

»Mein lieber Freund«, sage ich, »bei der Lage, in der wir uns befinden, ist es schwer zu sagen, wie lange wir noch zu leben haben. Wer weiß, ob nicht vor Ablauf einer Woche alle, die das Floß jetzt trägt . . .«

»Vor Ablauf einer Woche!« murmelt der Leutnant, dessen brennender Blick auf mir haftet.

Dann wendet er den Kopf und scheint einzuschlummern.

Am 24., 25. und 26. Dezember hat sich in unserer Situation nicht das geringste geändert. So unglaublich es erscheinen mag: Wir haben uns allmählich an das Hungern gewöhnt. Es gibt nicht wenig Berichte von Schiffbrüchigen, die dieselbe Tatsache festgestellt haben. Ich habe das immer für Übertreibung gehalten, nun bin ich eines Besseren belehrt und sehe wohl ein, daß Hunger weit länger ertragen werden kann, als ich je geglaubt hätte. Überdies hat der Kapitän unserm halben Pfund Schiffszwieback jetzt einige Tropfen Branntwein hinzugefügt, und das erhält unsre Kräfte mehr, als man annehmen sollte. Oh, wenn wir dieser Rationen für zwei Monate, ach, nur für einen, sicher wären! Doch unser Vorrat geht zu Ende, und jeder kann den Augenblick voraussehen, in dem uns selbst diese dürftige Nahrung völlig fehlt.

Um jeden Preis müssen wir also versuchen, Fische zu fangen, was jetzt ziemlich schwierig ist. Indessen fertigen der Hochbootsmann und der Zimmermann aus aufgedrehten Seilen neue Angelschnüre an und versehen diese mit krumm gebogenen Nägeln, die aus den Planken gezogen worden sind.

Der Hochbootsmann scheint mit dem Ergebnis dieser Arbeit ganz zufrieden zu sein.

»Das sind zwar keine tadellosen Angelhaken, diese Nägel«, sagt er zu mir, »doch ein Fisch könnte durchaus an ihnen hängenbleiben, wenn wir nur einen Köder daran hätten. Nun haben wir aber nur Schiffszwieback, der daran nicht haftenbleibt. Wenn es erst gelungen ist, einen zu fangen, würde ich die Angeln mit seinem Fleisch als Lockspeise versehen. Aber den ersten Fisch zu bekommen, das eben ist die große Schwierigkeit.«

Der Hochbootsmann hat recht, und voraussichtlich ist unser Bemühen erfolglos. Indes, man probiert es auf gut Glück, und die Schnüre werden ausgelegt. Wie zu erwarten, beißt indessen kein Fisch an, und offenbar ist das Meer hier auch nicht gerade fischreich.

Während des 28. und 29. Dezember setzen wir unsre vergeblichen Versuche fort. Die Zwiebackstücken, die an die Nägel gesteckt werden, weichen natürlich im Wasser auf, fallen ab und sind damit verloren. Damit verschwenden wir unsren kostbaren Proviant.

Der Hochbootsmann, der nach anderen Möglichkeiten sinnt, kommt auf den Einfall, ein Stückchen Stoff an den Nägeln zu befestigen. Miß Herbey opfert deshalb eine Ecke des roten Schals, den sie trägt, und vielleicht lockt der leuchtendrote Stoff einen Fisch an.

Im Lauf des 30. Dezember versucht der Hochbootsmann sein Glück. Mehrere Stunden lang hängen die Schnüre im Wasser, doch wenn sie heraufgezogen werden, ist nichts dran als das rote Wollstückchen.

Der Hochbootsmann verliert den Mut. Die letzte Hilfsquelle erweist sich als aussichtslos. Was würden wir nicht für den ersten Fisch bieten, mit dem wir dann andere zu fangen imstande wären.

»Ein einziges Mittel gibt es noch, unsere Angeln mit einem Köder zu versehen!« sagt der Bootsmann halblaut zu mir.

»Und welches?« frage ich ihn.

»Das werden Sie später erfahren!« antwortet der Seemann und wirft mir einen unverständlichen Blick zu.

Was sollen diese Worte eines Mannes bedeuten, den ich immer als sehr zurückhaltend gekannt habe? Die ganze Nacht hindurch gehen sie mir nicht aus dem Sinn.

ACHTUNDDREISSIGSTES KAPITEL

1. bis 5. Januar 1870

Es sind nun drei Monate verflossen, daß wir Charleston auf der »Chancellor« verlassen, und zwanzig Tage, die wir auf dem Floß, von der Gnade der Winde und Strömungen abhängig, verbracht haben! Sind wir weiter nach Westen, zur amerikanischen Küste, gelangt, oder hat uns das Unwetter von jedem Land verschlagen? Nicht einmal mehr das können wir feststellen, denn bei dem Sturm sind die Instrumente des Kapitäns trotz aller Vorsichtsmaßnahmen beschädigt worden, und Robert Kurtis besitzt jetzt weder einen Kompaß, um die Richtung zu bestimmen, noch einen Sextanten, um eine Höhenmessung vorzunehmen. Sind wir nun der Küste nahe oder noch Hunderte von Meilen von ihr entfernt?

Diese absolute Ungewißheit unserer Position hat etwas Beängstigendes; doch so wie die Hoffnung nie des Menschen Herz verläßt, so glauben wir trotz aller Gegengründe, daß wir in der Nähe der Küste sind. Jeder beobachtet den Horizont und sucht sehnsüchtig nach Land. Wie häufig täuschen uns Passagiere die Augen! Ein Nebel, eine Wolke, eine Bewegung des Wassers! Kein Land erscheint, kein Schiff verirrt sich in den unendlichen Kreis um uns, in dem Himmel und Meer miteinander verschmelzen.

Am 1. Januar haben wir unsern letzten Zwieback verzehrt oder, richtiger, unsern letzten Brocken Zwieback! Am 1. Januar! Welche Erinnerung weckt dieser Tag, und wie traurig dagegen ist dieser heutige 1. Januar! An diesem Tag pflegt man einander Wünsche auszusprechen – und heute? Wem gelänge es wohl, die Worte zu sagen: Ich wünsche Ihnen ein glückliches neues Jahr! Wer von uns brächte jetzt diese Worte über die Lippen? Wer vermag auch nur einen Tag weiter zu hoffen?

Da nähert sich der Hochbootsmann, sieht mich eigenartig an und sagt:

»Mister Kazallon, ich wünsche Ihnen einen glück...«

»Ein glückliches neues Jahr?«

»Nein! Nur einen glücklichen Tag, und das will schon viel sagen, denn wir haben nichts mehr zu essen auf dem Floß!«

Nichts mehr! Wir wußten es ja, und doch, als die Stunde der Verteilung kam, traf es uns wie ein unerwarteter Schlag. Man will einfach nicht daran glauben, daß es tatsächlich so ist!

Gegen Abend fühle ich regelrechte Schmerzen im Magen, die erst nach zwei Stunden ein wenig vergehen.

Am nächsten Tag bin ich sehr erstaunt, nicht mehr zu leiden.

Ich fühle in mir eine furchtbare Leere, doch ist das ebenso ein Gefühl geistiger wie körperlicher Zerschlagenheit. Mein Kopf ist schwer, er schwankt auf den Schultern, und es wird mir schwindlig, so als ob ich in einen Abgrund blicke.

Die Erscheinungen gleichen sich aber nicht bei allen von uns, und einige meiner Gefährten leiden schon ganz entsetzlich, unter anderen Douglas, der Zimmermann, und der Bootsmann, die von Natur starke Esser sind. Die Hungerqualen pressen ihnen unwillkürlich Schmerzensschreie aus, und sie schnüren sich mit einem Strick zusammen. Und dabei ist das erst der zweite Hungertag!

Oh, jenes halbe Pfund Zwieback, jene magere Ration, die uns noch vor wenigen Tagen so unzureichend erschien, wie erstrebenswert erscheint sie uns heute, da wir gar nichts mehr haben! Wenn man uns jetzt diese Stückchen Zwieback zuteilte, nur die Hälfte, ja, nur den vierten Teil, wir würden mehrere Tage damit ausreichen! Mit wahrer Andacht würden sie verzehrt werden!

Wenn in einer belagerten Stadt Mangel herrscht, kann man in dem Kehricht, in den Flüssen, in einem Winkel einen abgenagten Knochen finden, eine weggeworfene Wurzel, die den Hunger eine Zeitlang übertönt! Auf diesen Brettern aber, unzählige Male von den Wogen überflutet, was vermöchte man hier noch zu finden? Und dennoch wird jede Ecke und jeder Winkel, in die der Wind einige Brosamen hat treiben können, wieder und wieder durchsucht.

Wie lang werden uns die Nächte – viel länger noch als die Tage! Vergeblich erhofft man vom Schlaf eine vorübergehende Linderung der Leiden. Wenn sich unsere bleiernen Augenlider wirklich einmal schließen, so verfallen wir vielmehr einer fieberhaften Betäubung, in der uns Hungervisionen quälen.

Und doch, in der letzten Nacht bin ich der Erschöpfung erlegen und habe einige Stunden geruht.

Am andern Tag erwache ich um sechs Uhr morgens durch lautes Geschrei. Ich springe auf und sehe im Vorderteil den Koch Jynxtrop, die Matrosen Owen, Flaypol, Wilson, Burke und Sandon wie zum Angriff zusammengetreten. Diese Schurken haben sich der Werkzeuge des Zim-

mermanns, der Äxte, des Beils, bemächtigt und bedrohen damit den Kapitän, den Bootsmann und Douglas. Ich geselle mich schleunigst zu Robert Kurtis und den Seinen. Falsten folgt mir unmittelbar. Wir haben zwar nur unsere Messer als Waffen, sind aber nicht minder entschlossen, uns zu verteidigen.

Owen und die übrigen dringen auf uns ein. Die Verblendeten sind betrunken: In der Nacht haben sie das Branntweinfäßchen in ihre Gewalt gebracht und es fast geleert.

Was mögen sie wohl wollen?

Owen und Jynxtrop, die noch am ehesten bei Sinnen zu sein scheinen, reizen die andern auf, uns zu überwältigen, und diese handeln gewissermaßen wie im Säuferwahn.

»Nieder mit Kurtis!« rufen sie. »Ins Meer mit dem Kapitän! Owen kommandiert! Owen kommandiert!«

Owen ist der Anführer der Rotte, ihm folgt Jynxtrop. Der Haß dieser beiden Kerle gegen ihren Kapitän äußert sich jetzt in einem Gewaltstreich, der im Fall des Gelingens unsere Lage gewiß nicht verbessern würde. Ihre Partner, die kaum denken können, aber sich besser bewaffnet haben als wir, sind uns jetzt immerhin überlegen.

Als Robert Kurtis sie herankommen sieht, geht er ihnen entgegen und ruft mit fester Stimme:

»Die Waffen weg!«

»Den Tod dem Kapitän!« heult Owen.

Dieser Schuft treibt seine Kumpane durch eine Handbewegung an; doch Robert Kurtis weicht der betrunkenen Rotte aus und stellt sich gerade vor ihn hin.

»Was willst du?« fragt er.

»Keinen Kommandanten auf dem Floß!« antwortet Owen, »hier sollen alle gleich sein!«

Der Verblendete! Als ob wir, das Elend vor uns, nicht alle schon gleich wären!

»Owen«, wiederholt der Kapitän noch einmal, »die Waffen weg!«

»Tapfer drauf, ihr andern!« brüllt Owen.

Es entspinnt sich ein Kampf. Owen und Wilson stürzen auf Robert Kurtis, der ihre Schläge mit einer Stange abwehrt, während Burke und Flaypol auf den Bootsmann eindringen. Ich habe Jynxtrop als Gegner, der ein Beil schwingt und mich zu treffen sucht. Ich will ihn mit den Armen umschlingen, um seine Bewegungen zu verhindern, aber die Muskelkraft dieses Spitzbuben übertrifft die meine, und nach einigen Augenblicken des Widerstands fühle ich, daß ich unterliegen werde, als Jynxtrop plötzlich auf die Plattform fällt und mich im Sturz mit sich reißt. André Letourneur hat ihn an einem Bein gepackt und dadurch umgeworfen.

Diese Hilfe hat mich gerettet. Jynxtrop hat beim Fallen sein Beil verloren, ich bekomme es zu fassen, und eben will ich ihm den Schädel spalten, da hält Andrés Hand nun mich zurück.

In der Tat, die Meuterer sind bereits auf das Vorderteil gedrängt. Robert Kurtis hat, nachdem er Owens Axthieb glücklich pariert hat, selbst ein Beil erlangt und schlägt damit aus vollen Kräften zu.

Owen springt zur Seite, und das Beil dringt Wilson in die Brust. Der Elende stürzt rückwärts zusammen, vom Floß hinunter und verschwindet im Meer.

»Rettet ihn! Rettet ihn!« ruft der Hochbootsmann.

»Der ist tot!« erwidert Douglas.

»Ebendeshalb«, sagt der Bootsmann.

Aber Wilsons Tod beendet den Kampf. Flaypol und Burke sind im höchsten Stadium der Trunkenheit besinnungslos zusammengesunken, und wir stürzen uns auf Jynxtrop, der an den Fuß des Mastes gebunden wird.

Der Zimmermann und der Hochbootsmann haben indessen Owen überwältigt. Mit der blutigen Axt in der Hand nähert sich ihm Robert Kurtis und sagt:

»Verrichte dein letztes Gebet. Du stirbst!«

»Sie haben gewiß Lust, mich aufzuessen!« erwidert Owen mit einer Frechheit ohnegleichen.

Diese trotzige Antwort rettet ihm das Leben. Robert Kurtis wirft die Axt weg, die er schon zum Schlag erhoben hat, und setzt sich leichenblaß auf dem Deck des Floßes nieder.

5. und 6. Januar.

Diese Szenen haben uns tief ergriffen, das, was Owen zu Kurtis gesagt hat, ist wohl geeignet, auch die Mutigsten niederzuschlagen.

Sowie ich wieder ein wenig zur Ruhe gekommen bin, habe ich dem jungen Letourneur dafür gedankt, daß er mir durch sein Eingreifen das Leben gerettet hat.

»Sie danken mir«, antwortet er, »wo Sie mir fluchen sollten?«

»Ihnen, André?«

»Mister Kazallon, ich habe ja nichts getan als Ihre Leiden verlängert!«

»Darauf kommt es nicht an, Mister Letourneur«, mischt sich da Miß Herbey ein, »Sie haben Ihre Pflicht getan!«

Immer dasselbe Gefühl der Pflicht, die dem jungen Mädchen über alles geht.

Sie ist durch die grausamen Entbehrungen abgemagert, ihre ständig nassen Kleider umschlottern sie, doch keine Klage kommt aus ihrem Mund, und nichts vermag ihr den Mut zu rauben.

»Mister Kazallon«, fragt sie mich, »nicht wahr, wir werden vor Hunger sterben? Wie lange kann man wohl leben, ohne zu essen?«

»Weit länger, als man immer glaubt!«

»Kräftige Personen leiden ja wohl dabei am meisten?«

»Ja, und sie erliegen dem Hunger auch schneller.«

Wie bin ich nur imstande gewesen, dem jungen Mädchen so zu antworten? Wie? Ich habe kein Wort des Trostes für sie gefunden? Ich habe ihr die gräßliche Wahrheit schonungslos ins Gesicht geschleudert! Ist denn in mir jedes menschliche Gefühl erloschen? André Letourneur und sein Vater, die mich gehört haben, sehen mich wiederholt erstaunt mit ihren großen, vom Hunger geweiteten Augen an. Sie scheinen sich zu fragen, ob ich es gewesen bin, der gesprochen hat.

Einige Minuten darauf sagt Miß Herbey mit leiser Stimme:

»Mister Kazallon, würden Sie mir wohl einen Dienst erweisen?«

»Gern, Miß«, antworte ich erregt, bereit, für das junge Mädchen alles zu tun.

»Wenn ich vor Ihnen sterbe«, fährt Miß Herbey fort, »und das kann ja der Fall sein, da ich schwächlicher bin als Sie, so versprechen Sie mir, meine Leiche ins Meer zu werfen.«

»Miß Herbey, ich habe sehr unrecht getan...«

»Nein, nein«, fällt sie mir trübe lächelnd ins Wort, »Sie haben ganz recht daran getan, mir alles zu sagen, nur versprechen Sie mir, meine Bitte zu erfüllen. Es ist wohl eine Schwäche von mir. Lebend fürchte ich nichts... Aber tot... Versprechen Sie mir, mich ins Wasser zu werfen?«

Ich habe es ihr versprochen. Miß Herbey reicht mir die Hand zum Dank, und ich fühle, wie ihre mageren Finger leise die meinen drücken.

Noch eine Nacht ist vorübergeschlichen. Zuzeiten sind meine Qualen so arg, daß ich unwillkürlich aufschreie; dann mildern sie sich wohl auch wieder, und ich versinke in eine Art Stumpfsinn. Beim Wiedererwachen wundere ich mich, meine Gefährten noch lebend zu finden.

Der von uns, der am wenigsten zu leiden scheint, ist der Steward Hobbart; von ihm ist bis jetzt nur wenig die Rede gewesen. Es ist ein kleiner Mann von zweideutigem Aussehen, mit schmeichlerischen Blicken und einem ewigen Lächeln, wie aufgesetzt wirkt es; seine Augen sind stets halb geschlossen, so als wollte er seine Gedanken verbergen, und seine ganze Erscheinung atmet Falschheit. Er ist ein Heuchler, ich schwöre darauf. Und wirklich, wenn ich gesagt habe, daß ihm die Entbehrungen am wenigsten zuzusetzen scheinen, ist damit nicht etwa gesagt, daß er keine Klagen laut werden ließe. Im Gegenteil, er seufzt ohne Unterlaß, aber ich weiß nicht, warum mir sein Gewimmer nur gespielt vorkommt. Es wird sich das schon noch zeigen. Ich werde diesen Menschen beobachten, denn ich habe einen Verdacht gegen ihn, über den ich mir gern klarwerden würde.

Heute, am 6. Januar, nimmt mich Mr. Letourneur beiseite, und es sieht aus, als habe er mir eine »geheime Mitteilung« zu machen. Er wünscht von keinem andern gehört zu werden.

»Mein Herr«, beginnt Mr. Letourneur mit leiser Stimme, »André ist sehr schwach! Mein Sohn stirbt vor Hunger! Ich kann das nicht lange mit ansehen! Nein, ich kann es nicht!«

Mr. Letourneur spricht in einem Ton, dem man den verhaltenen Zorn anmerkt, und sein Akzent hat etwas Wildes an sich; doch begreife ich wohl, wie dieser Vater leiden mag!

»Lieber Herr«, sage ich und ergreife seine Hand, »verzweifeln wir noch nicht. Wenn ein Schiff...«

»Ich verlange von Ihnen keine billigen Trostworte«, unterbricht mich der Vater. »Hier wird kein Schiff vorbeikommen, das wissen Sie recht gut. Nein, es handelt sich um etwas anderes. Seit wann hat mein Sohn, haben Sie selbst und wir alle nichts gegessen?«

Diese Frage läßt mich einigermaßen erstaunen, und ich antworte:

»Seit fünf Tagen.«

»Bei mir sind es schon acht!«

»Acht Tage?«

»Ja! Ich habe für meinen Sohn gespart.«

Bei diesen Worten brechen mir Tränen aus den Augen. Ich fasse Mr. Letourneurs Hand. Kaum bin ich imstande zu reden. Ich sehe ihn bewundernd an ... Acht Tage!

»Herr! Mein Herr«, sage ich endlich, »was verlangen Sie von mir?«

»Halt! Nicht so laut! Es darf uns niemand hören!«

»So sprechen Sie leise!«

»Ich möchte ...«, und seine Stimme wird noch leiser, »ich wünsche, daß Sie André von meinem Ersparten anbieten ...«

»Können Sie das nicht selbst?«

»Nein, nein! Er würde glauben, daß ich mich für ihn beraubt habe ... Er würde es nicht annehmen ... Nein, es muß von Ihnen kommen.«

»Mister Letourneur!«

»Aus Mitleid«, bittet mich der unglückliche Vater, »aus Erbarmen leisten Sie mir diesen Liebesdienst, den größten, um den ich Sie angehe ... Übrigens ... Für Ihre Bemühung ...« Mr. Letourneur greift nach meiner Hand. »Für Ihre Bemühung können Sie ja auch ein wenig davon essen!«

Armer Vater! Bei seinen Worten zittere ich wie ein Kind! Gleichzeitig fühle ich, wie Mr. Letourneur ein Stück Schiffszwieback in meine Hand gleiten läßt.

»Nehmen Sie sich in acht, daß es niemand bemerkt!« sagt er. »Die Ungeheuer fielen über Sie her und töteten Sie! Das ist nur für einen Tag, morgen werde ich Ihnen ebensoviel geben!«

Der Unglückliche traut mir nicht! Vielleicht hat er recht, denn sowie ich das Stück Zwieback in meinen Händen fühle, kann ich's mir kaum verwehren, es zum Mund zu führen!

Doch, ich habe mich überwunden, und wer diese Zeilen liest, wird begreifen, was meine Feder jetzt nicht zu schildern vermag.

Mit der in diesen niedrigen Breiten eigentümlichen Schnelligkeit ist die Nacht hereingebrochen. Ich schleiche vorsichtig zu André Letourneur und biete ihm das kleine Stück Zwieback an.

Der junge Mann erfaßt es mit Begierde.

»Und mein Vater?« sind seine nächsten Worte.

Ich versichere ihm, daß sein Vater auch seinen Teil hat, ich den meinen, daß ich ihm morgen und die folgenden Tage auch noch soviel würde zukommen lassen können! Er möge es nur nehmen ... Nur nehmen!

André hat mich nicht gefragt, woher dieser Zwieback stammt, und hat ihn schleunigst zum Mund geführt.

Und diesen Abend habe ich trotz Mr. Letourneurs Angebot nichts gegessen, gar nichts!

VIERZIGSTES KAPITEL

7. Januar

Seit einigen Tagen spült das Meer unaufhörlich über die Plattform des Floßes hinweg; von dem Salzwasser sind nach und nach die Füße einiger Matrosen wund geworden. Owen, den der Bootsmann seit der Meuterei im Vorderteil gefesselt hält, ist in bejammernswertem Zustand, und seine Fesseln werden auf unsere Bitten hin gelöst. Auch Sandon und Burke haben durch das ätzende Salzwasser mehr oder weniger gelitten, wir andern sind nur deshalb davon verschont geblieben, weil das Heck des Floßes den Wellen weniger ausgesetzt ist.

Heute hat sich der Hochbootsmann in wütendem Hunger auf das Segelzeug und auf Holzstücke gestürzt, und noch immer höre ich seine Zähne mahlen. Der Unglückliche will seinen Magen auf jeden Fall füllen, ganz gleich, womit. Zuletzt findet er an einem der Maststücke, die die Plattform tragen, ein Stück Leder. Wie besessen stürzt er sich darauf! Alle tun es ihm nach. Ein Hut von gummiertem Leder, die Sturmriemen der Mützen, jede tierische Substanz wird angenagt. Uns treibt ein bestialischer Instinkt, dem niemand zu widerstehen vermag. Einen Augenblick scheint es, als ob wir aller menschlichen Eigenschaften beraubt wären, und niemals werde ich diese Szenen vergessen!

Wenn auch der Hunger nicht eigentlich zu stillen ist, so ist doch seine Qual eine Zeitlang unterdrückt. Einige von uns haben das freilich nicht vertragen und leiden nun an genauso schlimmer Übelkeit, wie sie der Hunger verursacht.

Man verzeihe mir diese Einzelheiten! Ich mag jedoch nichts verhehlen, was die Schiffbrüchigen der »Chancellor« zu leiden haben! Man wird aus diesem Bericht erfahren, welches moralische und physische Elend menschliche Wesen zu ertragen imstande sind! Das verleihe diesem Tagebuch seinen Wert! Ich werde nichts verschweigen, und ich habe so eine Ahnung, als ob unsere Leiden noch lange nicht auf dem Höhepunkt sind!

Eine Beobachtung, die ich während der oben erwähnten Szene zu machen Gelegenheit gehabt habe, bestärkt mich in meinem Verdacht gegen den Steward. Obwohl Hobbart sein Jammern nicht unterbrochen hat, ja es womöglich noch verstärkt, hat er sich an jener Szene nicht beteiligt. Wenn man ihn hört, sollte man glauben, daß er schon Hungers sterbe, und wenn man ihn sieht, scheint er als einziger von den allgemeinen Qualen verschont zu sein. Verfügt dieser Heuchler noch über einen geheimen Vorrat? Ich habe ihn schon überwacht, aber noch nichts entdeckt.

Die Hitze ist gleichbleibend unerträglich, solange sie durch die Brise nicht gemäßigt wird. Unser Wasservorrat ist gewiß unzureichend, aber der Hunger ertötet in uns den Durst. Und wenn ich mir nun sage, daß wir noch mehr gefoltert werden, wenn auch das Wasser zur Neige gegangen sein wird, so kann ich mir das kaum vorstellen. Aber mit jedem Tag schwindet dieser klägliche Wasservorrat dahin, es ist abzusehen, wie lange er reicht, und Gott wolle es verhüten, daß wir auch dieser Prüfung unterzogen werden.

Zum Glück enthält eine Tonne noch immer einige Pinten Wasser, und die andere ist unversehrt. Obwohl sich unsere Anzahl vermindert hat, so hat der Kapitän dennoch, entgegen dem Widerspruch von manchen Seiten, die täglichen Rationen auf eine halbe Pinte herabgesetzt. Ich stimme ihm hierin völlig zu.

Vom Branntwein haben wir nur noch eine Viertelgallone übrig, die im Heck des Floßes an sicherer Stelle untergebracht ist.

Heute, am 7., gegen halb acht Uhr abends, hat wieder einer von uns aufgehört zu leiden. Wir sind nur noch vierzehn! Leutnant Walter hat sein Leben in meinen Armen ausgehaucht, und weder die Sorgfalt Miß Herbeys noch die meine haben ihm genützt – er hat es überstanden!

Wenige Minuten vor seinem Tod hat der Leutnant Miß Herbey und mir mit einer kaum zu verstehenden Stimme seinen Dank ausgesprochen.

Nun ist er tot, der Leutnant Walter! Gott sei seiner Seele gnädig!

EINUNDVIERZIGSTES KAPITEL

8. Januar

Die ganze Nacht über bin ich neben dem Toten geblieben und Miß Herbey hat wiederholt ein Gebet für ihn gesprochen.

Im Morgengrauen bitte ich Robert Kurtis, mir dabei zu helfen, Leutnant Walter dem Meer zu übergeben. Alle andern schlafen oder scheinen zu schlafen, das ist gut, denn wir wollen dabei möglichst nicht gesehen werden.

Wir entnehmen den Taschen des Leutnants noch einige Gegenstände, die dessen Mutter zugestellt werden sollen, wenn einer von uns am Leben bleibt.

Eben als ich den Leichnam in die Kleidungsstücke hüllen will, die ihm als Bahrtuch dienen sollen, kann ich eine Bewegung des Entsetzens nicht unterdrücken.

Der rechte Fuß fehlt, das Bein ist nur noch ein blutiger Stumpf!

Wer ist der Urheber dieser Schändung? Ich bin also doch wohl in der Nacht einmal eingeschlummert, und jemand hat sich meinen Schlaf zunutze gemacht, diesen Körper zu verstümmeln. Aber wer, wer hat das getan?

Robert Kurtis blickt um sich, und seine Augen sprühen Flammen. Auf dem Floß ist nichts Ungewöhnliches zu bemerken, nur einige Jammerlaute unterbrechen die Stille. Vielleicht belauert man uns! So beeilen wir uns, den Toten ins Meer zu werfen, um noch Schrecklicheres zu vermeiden.

Nach einem kurzen Gebet des Kapitäns lassen wir den Leichnam in die Fluten gleiten, in denen er sofort versinkt.

»Donnerwetter! Die Haifische werden gut gemästet!«

Wer ist das gewesen? Ich drehe mich um. Es war der Koch Jynxtrop.

Der Bootsmann steht gleichfalls in meiner Nähe.

»Vermuten Sie«, sage ich zu ihm, »daß jene Unglücklichen diesen Fuß...«

»Diesen Fuß..., ah, ja!« erwidert der Hochbootsmann. »Im übrigen war das ihr Recht.«

»Was? Ihr Recht?« rufe ich erstaunt.

»Herr«, entgegnet der Hochbootsmann, »es ist besser, es trifft einen Toten als einen Lebendigen!«

Diese frostige Antwort läßt mich verstummen, und ich gehe, um mich zu sammeln, zum Heck des Floßes.

Gegen elf Uhr überrascht uns ein glücklicher Zufall. Der Hochbootsmann, der seit dem Morgen seine Angelschnüre wieder ausgelegt hat, erzielt einen Erfolg – er hat drei Fische gefangen. Es sind drei ziemlich große Schellfische von vierundzwanzig Zentimeter Länge, getrocknet sind sie unter dem Namen Stockfisch bekannt.

Kaum hat der Hochbootsmann die drei Fische an Bord gezogen, so stürzen sich die Matrosen darauf. Kapitän Kurtis, Falsten und ich werfen uns dazwischen, und die Ordnung ist bald wiederhergestellt. Es ist freilich wenig, drei Schellfische für vierzehn Verhungerte, doch es bekommt jeder seinen Teil. Die meisten verschlingen den Fisch roh, man möchte sagen: noch lebend. Robert Kurtis, André Letourneur und Miß Herbey haben die Überwindung, zu warten. Auf einer Ecke des Floßes entzünden sie mit einigen Stückchen Holz ein Feuer und rösten ihren Anteil. Ich habe nicht denselben Mut gehabt und den Fisch noch blutend verzehrt.

Mr. Letourneur ist nicht weniger ungeduldig gewesen als ich und die meisten andern. Wie ein ausgehungerter Wolf hat er sich auf das ihm zukommende Stück Fisch gestürzt. Wie vermag dieser unglückliche Mann, der schon länger als wir andern nichts genossen hat, noch zu leben? Ich begreife das nicht.

Ich habe die große Freude des Bootsmanns erwähnt, als er seine Angelleinen einzog, und diese Freude steigert sich fast bis zum Wahnwitz. Wenn der Fischfang noch weitere Beute liefert, ist es sicher, daß er uns vor einem grauenvollen Tod bewahrt.

Ich spreche deshalb mit dem Hochbootsmann und rede ihm zu, seine Versuche zu wiederholen.

»Jawohl«, antwortet er, »ja . . ., gewiß . . ., ich werde es tun!«

»Und warum legen Sie die Schnüre nicht schon wieder ein?«

»Jetzt nicht«, erwidert er ausweichend. »Die Nacht ist günstiger als der Tag zum Fang der größeren Fische, und wir dürfen auch den Köder nicht verschwenden, denn vorhin haben wir Dummköpfe auch nicht ein Stückchen übriggelassen, um es zum nächsten Fischfang zu verwenden!«

Das ist wahr, und der Fehler ist vielleicht nicht wiedergutzumachen.

»Indessen«, werfe ich ein, »da es Ihnen das erstemal gelang, ohne Köder . . .«

»Ich hatte einen.«

»Einen guten?«

»Einen ausgezeichneten, Herr, da jene Fische darauf angebissen haben!«

Ich sehe den Bootsmann an, und dessen Blick haftet auf mir.

»Haben Sie auch noch etwas für Ihre Ankelhaken übrig?« frage ich.

»Jawohl«, antwortete der Seemann mit leiser Stimme und wendet sich ohne ein weiteres Wort weg.

Die dürftige Nahrung hat uns einige Kräfte wiedergegeben und neue Hoffnungen erweckt. Wir sprechen von dem Fischfang des Hochbootsmanns und sind überzeugt, daß er auch weiterhin dabei Erfolg haben wird. Sollten unsere Prüfungen nun doch vorbei sein?

Ein unwiderleglicher Beweis dafür, daß sich in uns etwas verändert hat, liegt für mich darin, daß wir beginnen, von der Vergangenheit zu reden. Unsere Gedanken sind nicht mehr allein auf die qualvolle Gegenwart gerichtet oder auf die furchtbare Zukunft, die uns womöglich bevorsteht. Die Herren Letourneur, Ingenieur Falsten, Kapitän Kurtis und ich erinnern uns der einzelnen Vorkommnisse seit dem Schiffbruch, lassen die Umgekommenen an uns vorüberziehen, die Details des Feuers, die Strandung des Fahrzeugs, das Ham-Rock-Eiland, das Leck, die schreckliche Fahrt in den Mastkörben, das Floß, den Sturm, alle jene Zufälle, die uns jetzt so fernzuliegen scheinen. Ja! Alles das hat uns betroffen, und dennoch leben wir!

Wir leben! Aber kann man diesen Zustand wirklich Leben nennen? Von achtundzwanzig Personen sind nur noch vierzehn übrig, bald vielleicht nur noch dreizehn.

»Eine böse Zahl!« sagte der junge Letourneur, »doch würden wir wohl große Mühe haben, einen vierzehnten für uns zu finden!«

In der Nacht vom 8. zum 9. hat der Hochbootsmann seine Leinen aufs neue ausgelegt und ist auf dem Heck des Floßes geblieben, da er sie selbst überwachen will.

Am Morgen gehe ich auf ihn zu. Kaum graut der Tag, und mit brennenden Augen versucht der Angler das noch dunkle Wasser zu durchdringen. Er hat mich weder schon gesehen noch kommen hören.

Ich berühre leicht seine Schulter; er wendet sich halb erschrocken um.

»Nun, wie steht's, Hochbootsmann?«

»Die verdammten Haifische haben mir den Köder weggeschnappt!« antwortet er mit tonloser Stimme.

»Und Sie haben keinen mehr?«

»Nein! Und wissen Sie, was damit bewiesen ist?« fügt er hinzu und drückt mir den Arm. »Damit ist bewiesen, daß man nichts nur halb tun soll . . .«

Ich lege meine Hand auf seinen Mund; ich habe ihn verstanden.

Armer Walter!

ZWEIUNDVIERZIGSTES KAPITEL

9. und 10. Januar

Heute herrscht in der Atmosphäre um uns wieder völlige Ruhe. Die Sonne brennt, die Brise schweigt ganz und gar, und keine Furche unterbricht die lange Dünung des Meeres, das sich unmerklich hebt und senkt. Wenn keine Strömung vorhanden ist – deren Richtung wir nicht zu bestimmen imstande wären –, bewegt sich das Floß nicht vom Fleck.

Ich habe gesagt, daß die Hitze heute unerträglich sei, und deshalb ist unser Durst noch weit unerträglicher. Zum erstenmal leiden wir entsetzlich unter dem Mangel an Wasser, und mir wird nun deutlich, daß die Qualen des Durstes noch schrecklicher sind als die des Hungers. Schon hat sich bei den meisten von uns der Mund, der Schlund und der Kehlkopf vor Trockenheit zusammengeschnürt, und die Schleimhäute verhornen beinahe durch die warme Luft, die wir atmen.

Auf meine Bitte geht der Kapitän für dieses Mal von dem gewohnten Verfahren ab. Er erlaubt eine doppelte Wasserration, und wir haben an diesem Tag unseren Durst viermal, wohl oder übel, stillen können. Ich sage »wohl oder übel«, denn dieses auf dem Boden der Tonne befindliche Wasser ist, obwohl es mit einem nassen Segel zugedeckt ist, lauwarm geworden.

Alles in allem ist heute ein böser Tag, und von neuem verfallen die Matrosen unter den Qualen des Hungers der Verzweiflung.

Auch als der Mond aufgeht, erhebt sich die Brise nicht wieder. Da aber die Nächte in den Tropen immer etwas frisch sind, gewährt uns das doch einige Erleichterung; während des Tages freilich bleibt die Temperatur unerträglich, und ihr so auffälliges Steigen scheint zu bestätigen, daß wir weiter nach Süden treiben.

Nach Land Ausschau zu halten, hat man inzwischen aufgegeben. Der gesamte Erdball scheint nur noch von Wasser bedeckt zu sein – immer und ewig der grenzenlose Ozean!

Am 10. dieselbe Ruhe, dieselbe Hitze. Der Himmel gießt Feuer auf uns herab, und wir atmen glühende Luft. Unser Bedürfnis zu trinken wächst ohnegleichen, und wir vergessen fast die Pein des Hungers: mit solcher Gier erwarten wir den Augenblick, da Robert Kurtis die wenigen

Tropfen unserer Wasserration austeilt. Oh, könnten wir uns nur einmal satt trinken, könnten wir unseren Vorrat erschöpfen und dann sterben!

In diesem Augenblick – es ist jetzt Mittag – wird einer unserer Gefährten von den heftigsten Schmerzen ergriffen, die ihm gräßliche Schreie auspressen. Es ist der elende Owen, der im Vorderteil liegt und sich unter schrecklichen Zuckungen krümmt.

Ich schleppe mich zu ihm. Was er auch verbrochen haben mag, die Menschlichkeit gebietet es, zu versuchen, ob ihm nicht Hilfe zu bringen ist.

Gleichzeitig stößt der Matrose Flaypol einen lauten Schrei aus; ich drehe mich um.

Flaypol ist am Mast in die Höhe geklettert, und seine Hand zeigt nach Osten zum Horizont.

»Ein Schiff!« ruft er.

Schnell sind alle auf den Füßen. Todesstille herrscht an Bord. Auch Owen vergißt seine Schmerzen und hat sich erhoben.

Tatsächlich ist in der von Flaypol bezeichneten Richtung ein weißliches Etwas sichtbar. Aber ändert es denn seine Position? Ist es ein Segel?

Was denken die Seeleute darüber, die ja dafür ein so scharfes geübtes Auge haben?

Ich beobachte Robert Kurtis, der mit gekreuzten Armen den weißen Punkt ins Auge faßt. Er konzentriert in seinem Blick alle ihm zu Gebote stehende Sehkraft. Wenn jener weiße Punkt ein Segel ist, wird er sich nicht täuschen.

Doch nein, er schüttelt den Kopf, seine Arme fallen schlaff herab.

Ich sehe dorthin. Der weiße Punkt ist nicht mehr vorhanden. Es war kein Schiff, es war irgendein Reflex, ein schäumender Wellenkamm, oder wenn es ein Schiff gewesen ist, so ist es eben wieder verschwunden.

Wie niedergeschlagen sind wir nach diesen Augenblicken der Hoffnung! Alle haben wir unseren gewohnten Platz wieder eingenommen. Nur Robert Kurtis steht wieder unbeweglich, aber er mustert den Horizont nicht mehr.

Da wiederholen sich Owens Schmerzensschreie heftiger als zuvor. Sein Körper windet sich unter qualvoller Pein, und sein Anblick ist wahrhaft erschreckend. Seine Kehle wird von einem Krampf zugeschnürt, seine Zunge ist trocken, der Leib aufgetrieben, der Puls schwach, schnell und unregelmäßig.

Diese Symptome lassen keinen Zweifel: Owen ist durch Kupferoxid vergiftet.

Wir haben kein Gegenmittel, um die Wirkung des Gifts zu neutralisieren, doch kann man wohl Erbrechen hervorrufen, um den Magen des Kranken zu entleeren. Warmes Wasser wird diesen Erfolg erzielen, und ich bitte also Robert Kurtis um etwas Wasser. Der Kapitän sagt es mir zu. Doch die erste Tonne ist leer, und ich will meinen Bedarf also aus der zweiten, noch unberührten entnehmen, als Owen sich auf die Knie erhebt und mit einer Stimme, die kaum noch menschlich zu nennen ist, ausruft: »Nein! Nein! Nein!«

Warum dieses Nein? Ich kehre zu Owen zurück und erkläre ihm, was ich vorhabe. Noch entschiedener widersetzt er sich, von diesem Wasser zu trinken.

Ich versuche demnach durch Kitzeln des Schlunds bei dem Unglücklichen Erbrechen hervorzurufen, und bald gibt er auch bläulichen Schleim von sich. Es ist nur zu gewiß, daß Owen mit einem Kupfersulfat, mit Kupfervitriol, vergiftet ist, und was wir auch tun, Owen ist verloren!

Aber auf welche Weise hat er sich vergiftet? Das Erbrechen hat ihm einige Erleichterung verschafft, und er vermag endlich zu sprechen. Der Kapitän und ich, wir fragen ihn ...

Ich will es gar nicht versuchen, den Eindruck zu schildern, den die Antwort des Unglücklichen auf uns macht!

Owen hat, von unbezähmbarem Durst getrieben, einige Pinten Wasser aus der noch unberührten Tonne gestohlen, und dieses Wasser ist vergiftet!

DREIUNDVIERZIGSTES KAPITEL

11. bis 14. Januar

Owen ist in der Nacht unter schlimmsten Zuckungen gestorben. Es ist nur zu wahr: Die vergiftete Tonne hat früher Kupfervitriol enthalten. Durch welchen unglücklichen Mißgriff mag gerade diese Tonne als Wasserbehälter benutzt worden sein, und warum gerade ist sie mit auf das Floß genommen worden? Alles das spielt ja keine Rolle. Eins steht freilich fest: Wir haben kein Wasser mehr!

Owens Leiche ist sofort ins Meer geworfen worden, denn unmittelbar nach dem Tod ist sie in Zersetzung übergegangen. Der Hochbootsmann hat davon nichts als Köder verwenden können, und so ist der Tod jenes Elenden für uns nicht einmal von Nutzen gewesen!

Wir alle kennen unsere Situation und brüten dumpf vor uns hin. Was sollten wir auch sprechen? Schon den Ton unserer Stimme zu hören berührt uns schmerzlich. Bei dieser übermäßigen Reizbarkeit ist es besser, daß wir gar nicht reden, denn das geringste Wort, ein Blick, eine Geste könnte ausreichen, unberechenbare Folgen hervorzurufen. Ich begreife nicht, wie es kommt, daß wir noch nicht alle von Sinnen sind!

Am 12. Januar haben wir keinen Tropfen Wasser erhalten, da die letzte Pinte tags zuvor ausgeschöpft worden ist. Am Himmel ist keine Wolke, die etwas Regen verspräche, und ein Thermometer zeigte im Schatten gewiß vierzig Grad Celsius, wenn auf dem Floß überhaupt an Schatten zu denken wäre.

Am 13. ist die Lage genauso. Das Meerwasser beginnt auch mir die Füße wund zu ätzen, doch das beachte ich fast gar nicht. Auch der Zustand derer, die an diesem Übel schon länger leiden, ist dadurch nicht wesentlich verschlimmert.

Oh, dieses Wasser, das uns rings umgibt, wenn ich bedenke, daß wir es durch Verdampfen trinkbar zu machen imstande wären! Aber uns fehlen alle Hilfsmittel, und wir vermögen sie auch nicht herzustellen.

Heute haben, auf die Gefahr hin, von Haien verschlungen zu werden, der Bootsmann und zwei Matrosen gebadet. Solch ein Bad gewährt eine gewisse Erleichterung und erfrischt einigermaßen. Drei meiner Gefährten und ich – die wir nicht schwimmen können – haben uns an ein Seil gebunden und sind wohl eine halbe Stunde lang im Wasser geblieben. Robert Kurtis hat dabei die Wellen überwacht, und zum Glück hat sich kein Haifisch genähert. Trotz unserer Bitten und ihrer quälenden Leiden hat Miß Herbey unserem Beispiel nicht folgen wollen.

Am 14., gegen elf Uhr morgens, nähert sich mir der Kapitän und flüstert mir ins Ohr:

»Vermeiden Sie jede Bewegung, die Sie verraten könnte, Mister Kazallon, denn ich könnte mich irren, und ich möchte den andern eine neue Enttäuschung ersparen.«

Ich sehe Robert Kurtis erwartungsvoll an.

»Diesmal«, sagt er zu mir, »habe ich wirklich ein Schiff wahrgenommen.«

Der Kapitän hat gut daran getan, mich vorzubereiten, denn ich wäre meiner ersten Bewegung gewiß nicht Herr gewesen.

»Schauen Sie«, fügt er hinzu, »dahinten über Backbord!«

Ich erhebe mich, spiele, obwohl ich das ganz und gar nicht bin, den Gleichgültigen, und mein Blick gleitet über den mir von Robert Kurtis bezeichneten Bogen am Horizont.

Meine Augen sind freilich nicht die eines Seemanns, aber ich sehe dennoch ein Schiff unter Segel.

Fast gleichzeitig ruft der Hochbootsmann, dessen Blicke einige Sekunden in diese Richtung schweifen:

»Ein Schiff in Sicht!«

Dieser Ruf bringt nicht sofort die Bewegung hervor, die man wohl hätte erwarten sollen, es gibt keinerlei Aufregung. Entweder glaubt man es nicht, oder unsere Kräfte sind schon zu sehr erschöpft; keiner erhebt sich. Und wieder ruft der Bootsmann:

»Ein Schiff! Ein Schiff!«

Jetzt schauen alle in die angegebene Richtung.

Es ist wirklich und wahrhaftig ein Schiff, es gibt keinen Zweifel. Ob es auch uns sieht?

Die Matrosen tauschen ihre Vermutungen darüber aus, was für ein Schiff das wohl sein mag und welchen Kurs es fährt.

Robert Kurtis erklärt nach einigen Minuten aufmerksamer Beobachtung:

»Es ist eine Brigg, die mit Steuerbordhalsen dicht am Wind läuft. Behält sie ihren jetzigen Kurs wenigstens zwei Stunden lang bei, wird sie unsern Weg kreuzen.«

Zwei Stunden? – Zwei Jahrhunderte! Das Schiff kann seinen Kurs

jede Minute ändern, und das ist um so wahrscheinlicher, weil es offenbar durch Kreuzen gegen den Wind Fahrt zu machen sucht. Und wenn diese Annahme richtig ist, so wird es sich früher oder später wieder entfernen. Oh, wenn es mit dem Wind im Rücken oder von der Seite segelte, wir hätten ein Recht zu hoffen.

Wie können wir die Leute auf dem Schiff auf uns aufmerksam machen? Über viele Möglichkeiten verfügen wir nicht, denn die Brigg ist wohl noch ein Dutzend Meilen von uns entfernt, und unsere Rufe werden unmöglich gehört. Wir haben auch kein Gewehr, das wir abfeuern könnten. Das einzige, was wir zu tun vermögen, ist, eine Flagge am Mast aufzuhissen. Miß Herbeys rotes Schaltuch sticht am meisten von der Farbe des Meeres und des Himmels ab.

Das Tuch wird möglichst hoch angebracht, und eine leichte Brise, die jetzt die Oberfläche der Wellen kräuselt, entfaltet es. Sein lustiges Flattern erfüllt unsere Herzen mit froher Hoffnung. Wenn ein Mensch am Ersticken ist, weiß man ja, mit welcher Kraft er sich an einen Strohhalm klammert. Die Flagge ist dieser Strohhalm für uns!

Eine ganze Stunde lang bewegen uns tausend wechselnde Gefühle. Ohne Zweifel hat sich die Brigg dem Floß genähert, doch bisweilen scheint es, als ob sie stillstände, und man zerquält sich mit der Frage, ob sie nicht im Begriff ist zu wenden.

O Gott, wie langsam schleppt sich dieses Schiff dahin! Es fährt mit vollen Segeln, und dennoch ist sein Rumpf kaum über dem Horizont sichtbar. Doch der Wind ist schwach und legt sich immer mehr! Wir gäben Jahre unseres Lebens darum, jetzt eine Stunde älter zu sein!

Gegen halb ein Uhr schätzen der Kapitän und der Hochbootsmann die Entfernung des Schiffes noch auf neun Meilen. In anderthalb Stunden ist es uns demnach nur etwa drei Meilen näher gekommen, und kaum mag der Lufthauch, der über dem Floß weht, bis zu ihm reichen. Mir scheinen seine Segel nicht mehr geschwellt zu sein, sondern schlaff an den Masten herabzuhängen. Ich beobachte, gegen den Wind gerichtet, ob wieder eine Brise aufspringt; aber die Wellen scheinen zu träumen, und der Atem des Winds, der unsere Hoffnungen erweckt hat, erstirbt.

Ich befinde mich auf dem Heck neben den Mr. Letourneur und Miß Herbey; unsere ängstlichen Blicke richten sich abwechselnd auf das Schiff und auf den Kapitän. Robert Kurtis steht unbeweglich vorn, an den Mast gelehnt, der Hochbootsmann dicht neben ihm; ihre Augen wenden sich keine Sekunde von der Brigg. Von ihrem Antlitz, das jetzt ja nicht ausdruckslos bleiben kann, lesen wir ab, was sie empfinden. Nicht ein Wort kommt über ihre Lippen, bis der Zimmermann mit einem nicht wiederzugebenden Ton ausruft:

»Es wendet!«

Unser ganzes Ich scheint sich jetzt in den Augen zusammenzudrängen, und erstarrt stehen die einen wie Bildsäulen, die andern liegen auf den Knien. Ein furchtbarer Fluch entfährt dem Munde des Hochbootsmanns. Auf neun Meilen Entfernung hat das Schiff unsere Signale unmöglich wahrnehmen können! Das Floß stellt ja in dem unendlichen Raum nur ein Pünktchen dar, das in dem Glanz der blendenden Sonnenstrahlen wohl ganz verschwindet! Man hat uns nicht gesehen! Könnte der Kapitän jenes Schiffes, er sei wer auch immer, wenn er uns bemerkt hätte, so unglaublich unmenschlich sein, davonzusegeln, ohne uns geholfen zu haben? Nein! Das ist unmöglich! Nein, er hat uns nicht gesehen!

»Macht Feuer! Laßt Rauch aufsteigen!« ruft Robert Kurtis. »Verbrennt die Planken des Floßes! Freunde! Meine Freunde! Das ist die letzte Möglichkeit, uns bemerkbar zu machen.«

Im Vorderteil werden einige Bretter zu einem Scheiterhaufen zusammengetragen. Nicht ohne Mühe setzen wir diese, da sie zu naß sind, in Brand, aber sie geben deshalb auch einen um so dichteren und weithin sichtbaren Rauch. Bald wirbelt eine schwarze Säule gerade empor. Wenn es jetzt Nacht wäre oder doch vor dem Verschwinden der Brigg dunkel würde, müßten die Flammen trotz der Entfernung bis zu dem Schiff hin wahrzunehmen sein!

Doch– die Stunden verrinnen, das Feuer erlischt!

Um sich in solchen Augenblicken mit frommer Ergebenheit dem göttlichen Willen zu unterwerfen, muß man mehr Macht über sich haben, als wir besitzen. Nein! Jetzt schwindet mein Vertrauen auf Gott, der unsere Folterqualen durch solche aufblitzenden Hoffnungsstrahlen nur erhöht hat, und ich lästere ihn, wie ihn der Hochbootsmann gelästert hat! Da legt sich eine schwache Hand ganz leicht auf meine Schulter, und Miß Herbey zeigt zum Himmel!

Doch ich ertrage es nicht länger! Ich mag nicht mehr sehen und vergrabe mich seufzend unter unserer Segeldecke...

Inzwischen hat das Fahrzeug gewendet, dann entfernt es sich langsam nach Osten, und drei Stunden später vermögen auch die schärfsten Seemannsaugen kein Stückchen Leinwand mehr am Horizont zu erblicken!

VIERUNDVIERZIGSTES KAPITEL

15. Januar

Nach diesem letzten Schlag, der uns getroffen, haben wir nichts mehr vor uns als den Tod. Ob er schneller oder langsamer kommt, spielt keine Rolle – er kommt gewiß.

Heute sind im Westen einige Wolken aufgezogen, und dann und wann war ein kurzer Windstoß fühlbar. Auch die Temperatur ist erträglicher geworden, und trotz unserer äußersten Erschlaffung empfinden wir diese wohltuende Änderung. Ich glaube weniger trockene Luft zu atmen, aber seit dem letzten Fischfang des Hochbootsmanns, das heißt seit sieben Tagen, haben wir nichts mehr gegessen. Auf dem Floß ist alles verzehrt, und gestern habe ich André Letourneur das letzte von seinem Vater ersparte Stück Schiffszwieback gegeben, das mir der unter Tränen gereicht hat.

Gestern hat sich der Koch Jynxtrop von seinen Fesseln befreit, und Robert Kurtis hat ihn nicht von neuem binden lassen. Wozu auch? Dieser Elende und alle seine Mitschuldigen sind durch das lange Fasten völlig von Kräften gekommen. Was wären sie jetzt noch zu unternehmen imstande?

Heute zeigen sich mehrere große Haifische, deren schwarze Flossen wir das Wasser mit großer Schnelligkeit durchschneiden sehen. Ich kann mich des Gedankens nicht erwehren, daß sie die lebendigen Särge sind, die unsere Überreste aufzunehmen bestimmt sind. Sie erschrecken mich keineswegs, nein, sie haben etwas Anheimelndes. Sie kommen bis dicht an den Rand des Floßes heran, und Flaypols Arm, der im Wasser gehangen hat, wäre beinahe von einem jener Ungeheuer weggeschnappt worden.

Der Hochbootsmann betrachtet mit starren, hohlen Augen und zusammengebissenen Zähnen diese Haifische unter einem wesentlich anderen Gesichtspunkt als ich. Er will sie verzehren, doch nicht von ihnen verzehrt werden. Wenn er einen von ihnen zu fangen imstande wäre, er würde sich nicht vor dem zähen Fleisch scheuen. Wir andern ebenfalls nicht.

Der Hochbootsmann will es versuchen; da er aber keinen geeigneten Haken besitzt, muß er einen herstellen. Robert Kurtis und Douglas haben ihn verstanden und beraten, während sie Holzstückchen und Seilenden auswerfen, um dadurch die Haifische in der Nähe des Floßes zu halten.

Douglas holt sein Zimmermannsbeil, das er als Angel zu benutzen gedenkt und dessen scharfe Schneide oder die Spitze sich durchaus in der Kinnlade eines Haies festsetzen könnte, wenn einer darauf anbeißen würde. Der hölzerne Stiel des Beils wird also an einer Leine befestigt, und diese wird an dem Floß festgebunden.

Diese Vorbereitungen reizen unser Verlangen aufs äußerste, und zitternd vor Ungeduld, suchen wir die Aufmerksamkeit der Haie auf jede mögliche Weise wachzuhalten, damit sie nicht wegschwimmen.

Der Haken ist fertig, aber wieder fehlt es uns an einem Köder, und der Hochbootsmann, der vor sich hin murmelnd da- und dorthin läuft und das ganze Floß durchmustert, sieht aus, als forsche er unter uns nach einem Leichnam.

Nochmals versuchen wir es mit dem Mittel, das wir schon einmal angewandt haben: Wir umwickeln das Beil mit einem Stück roten Stoffs von Miß Herbeys Schaltuch.

Der Hochbootsmann will aber nichts ohne die sorgsamsten Vorsichtsmaßnahmen für ein glückliches Gelingen unternehmen. Ist der Haken auch haltbar genug befestigt? Wird die Leine, an der das Beil hängt, nicht reißen? Wird das Floß das Zerren eines gefangenen Hais aushalten? Der Hochbootsmann vergewissert sich zunächst über alle diese sehr wichtigen Punkte und läßt erst dann seine Angel ins Wasser gleiten.

Das Meer ist so klar und durchsichtig, daß man bis tief hinunter noch jeden Gegenstand zu erkennen vermag. Ich folge dem hinabsinkenden Haifischhaken, dessen rote Umhüllung sich leuchtend vom Wasser abhebt, mit dem Blick.

Passagiere und Matrosen, alle beugen wir uns über das Schanzkleid und sind absolut still. Es scheint aber, als ob die Haifische, seitdem ihnen dieser sonderbare Köder zugeworfen worden ist, nach und nach verschwinden. Weit entfernt haben sie sich freilich sicher nicht, jede erreichbare Beute würden sie bestimmt schnell verschlingen.

Plötzlich gibt der Hochbootsmann mit der Hand ein Zeichen und weist auf einen riesigen Hai, der auf das Floß zuschwimmt und fast die Oberfläche des Wassers streift.

Sobald das Tier nur noch vier Faden vom Floß entfernt ist, zieht der Hochbootsmann vorsichtig seine Leine an, um den Haken zu bewegen, damit der Hai ihn für etwas Lebendiges hält.

Ich fühle, wie mein Herz gewaltig klopft.

Der Hai kommt näher und näher; seine großen gierigen Augen leuchten, und seine halbgeöffneten Kiefer zeigen die furchtbaren Reihen der spitzen Zähne.

Da ertönt ein Schrei! Der Haifisch scheint zu stutzen und verschwindet dann in der Tiefe des Wassers.

Wer von uns hat diesen Schrei, wenn auch unwillkürlich, ausgestoßen?

Sofort erhebt sich der Hochbootsmann bleich vor Zorn.

»Den ersten, der noch einmal ein Wort spricht, schlage ich nieder«, sagt er.

Dann geht er wieder an seine Arbeit.

Alles in allem hat er wohl recht, der Hochbootsmann.

Der Haifischhaken wird wieder hinabgelassen, doch während einer halben Stunde nähert sich kein Hai mehr, so daß der Hochbootsmann den Haken bis auf zwanzig Faden Tiefe hinabsinken läßt. Mir scheint, als wäre das Wasser dort etwas getrübt, und das hieße, dort sind noch einige dieser Meeresungeheuer.

Wirklich ruckt es an der Leine plötzlich so heftig, daß sie den Händen des Hochbootsmanns entgleitet; da sie aber an dem Floß sicher befestigt ist, geht sie deshalb nicht verloren.

Ein Haifisch hat angebissen.

»Zu Hilfe, Jungens, zu Hilfe!« ruft der Seemann.

Sofort ergreifen alle, Passagiere und Matrosen, die Angelleine. Die Hoffnung leiht uns neue Kräfte, doch sie reichen kaum aus, denn das Tier wehrt sich furchtbar. Wir ziehen gleichzeitig an, und nun beginnt das Meer zu kochen, so peitscht es der Hai mit seiner Schwanzflosse. Ich beuge mich hinaus und sehe den riesigen Körper, der sich in den vom Blut rotgefärbten Wellen windet.

»Tapfer! Fest daran!« ruft der Hochbootsmann.

Endlich taucht der Kopf des Tiers auf. Unser Haken ist ihm durch den geöffneten Rachen bis in den Schlund eingedrungen und hat sich dort so festgesetzt, daß ihn kein Zucken und kein Reißen wieder herauszubringen vermag. Douglas ergreift schon seine Axt, um das Tier, wenn es nahe genug heran sein wird, zu erschlagen.

Da läßt sich ein kurzes, eigentümliches Geräusch vernehmen. Der Haifisch hat seine mächtigen Kiefer geschlossen, den langen Stiel des Beils glatt durchgebissen, und schnell entweicht er in die Tiefe.

Ein allgemeiner Aufschrei schmerzlichster Enttäuschung entringt sich uns!

Der Hochbootsmann, Robert Kurtis und Douglas versuchen weiter, obwohl sie nun keinen Haken mehr haben, einen jener Haie zu fangen. Sie werfen Taue mit Schlingen ins Wasser, doch diese Lassos gleiten auf der glatten Haut der Tiere ab. Der Hochbootsmann geht sogar soweit, sie dadurch heranzulocken, daß er ein Bein hinter dem Floß ins Wasser hält, selbst auf die Gefahr hin, durch den Biß eines der Ungeheuer amputiert zu werden.

Endlich gibt man diese fruchtlosen Versuche auf, und jeder schleppt sich auf seinen Platz zurück und wartet nur noch auf den Tod, der jetzt unausweichlich ist.

Ich bin nahe genug neben Robert Kurtis, um es zu verstehen, wie der Hochbootsmann leise fragt:

»Kapitän, wann losen wir?«

Robert Kurtis antwortet zwar nicht, aber gestellt ist diese Frage nun.

FÜNFUNDVIERZIGSTES KAPITEL

16. Januar

Wir liegen alle auf den Segeln ausgestreckt, und die Mannschaft eines vorüberfahrenden Schiffes würde eine mit Toten bedeckte Seetrift zu sehen meinen.

Ich leide furchtbar. Könnte ich bei dem jetzigen Zustand meiner Lippen, meiner Zunge, meiner Kehle überhaupt noch essen? Ich glaube es nicht, und doch werfen wir alle, meine Gefährten und ich mit, einander wilde Blicke zu.

Die Hitze ist heute bei gewitterdrohendem Himmel wieder drückend geworden. Dicke Wolken ziehen am Himmel auf; ich habe das Gefühl, daß es überall regnen wird, nur über dem Floß nicht.

Dennoch hängen unsere Blicke an diesen Wolken, wir lechzen geradezu nach ihnen. Mr. Letourneur liegt auf den Knien und hebt flehend die Hände zu dem unerbittlichen Himmel.

Ich lausche, ob ein fernes Rollen ein Gewitter ankündigt. Es ist elf Uhr morgens; die Wolken verdecken die Sonne, doch so wie sie aussehen, zweifle ich daran, daß es zu einem Gewitter kommen wird. Das Gewölk hat eine gleichmäßige Färbung angenommen, und seine am Morgen so scharfen Ränder sind in gleichmäßig grauem Dunst verschwunden und verschwommen.

Doch kann nicht auch daraus Regen fallen, und wären es nur einige erquickende Tropfen?

»Da, der Regen, der Regen!« ruft plötzlich Douglas.

Und wirklich, eine halbe Meile von uns entfernt regnet es. Der Wind, der etwas aufbriest, treibt den Regen auf uns zu. Oh, wenn doch diese Wolke ergiebig genug wäre, uns noch etwas von ihrem Segen zu spenden!

Gott hat endlich Mitleid mit uns; in großen Tropfen fällt der Regen wie aus einer Gewitterwolke. Doch ein solcher Platzregen ist natürlich nie von Dauer, und wir müssen, so schnell es geht, viel davon aufzufangen suchen, denn schon wird der Himmel wieder heller.

Robert Kurtis hat die halbzerbrochene Tonne so aufstellen lassen, daß sie möglichst viel Wasser aufnehmen kann, und ringsum spannt man die Segel auf, die den Regen auffangen sollen.

Wir liegen auf dem Rücken und haben den Mund weit geöffnet. Das Wasser benetzt mein Gesicht, meine Lippen, und ich fühle, daß es in meine Kehle dringt! O unaussprechliche Freude! Das ist neues Leben, das in mich einzieht! Die Schleimhäute meiner Kehle werden wieder geschmeidig, und ich atme die belebende Flüssigkeit fast noch mehr ein, als daß ich sie trinke.

Zwanzig Minuten dauert der Regen an, dann ist die Wolke vorübergezogen.

Wir sind dem Leben wiedergegeben, wir drücken uns die Hände, wir sprechen wieder! Es scheint, als ob wir gerettet wären!

Gott wird uns in seiner Barmherzigkeit weitere Wolken senden, die noch mehr Wasser bringen, Wasser, das wir so lange entbehrt haben! Und auch das Wasser, das nur auf das Floß gefallen ist, wird ja nicht verdorben sein, denn die Tonne und die Leinwand haben es aufgefangen.

Aber es muß sorgsam aufbewahrt und darf nur tropfenweise verteilt werden.

In der Tat, die Tonne enthält jetzt zwei bis drei Pinten Wasser, und wenn wir das noch ausdrücken, was die Segel eingesogen haben, dann haben wir sogar noch etwas mehr.

Die Matrosen wollen eben mit dieser Arbeit beginnen, da hindert sie Robert Kurtis durch einen Wink daran.

»Einen Augenblick!« ruft er. »Wird dieses Wasser auch trinkbar sein?«

Ich sehe ihn staunend an. Warum soll dieses Wasser, das doch nur vom Regen herstammt, nicht trinkbar sein?

Indessen drückt der Kapitän ein wenig von dem aufgesogenen Wasser einer Segelfalte in die Weißblechtasse, kostet es, und zu meiner größten Verwunderung spuckt er es wieder aus.

Ich koste nun selbst. Das Wasser ist fast noch salziger als das Meerwasser selbst!

Es rührt daher, daß die so lange Zeit Wind und Wetter ausgesetzten Segel mit Salz imprägniert sind. Das ist freilich ein nicht wiedergutzumachendes Unglück! Doch, sei es! Wir haben ja erneut Vertrauen gewonnen, und in dem Faß sind noch einige Pinten Wasser übrig! Es hat geregnet, und es wird auch wieder regnen!

SECHSUNDVIERZIGSTES KAPITEL

17. Januar

Unser Durst ist zwar für kurze Zeit gestillt worden, aber um so mehr spüren wir nun den Hunger. Gibt es denn kein Mittel, ohne Haken oder Köder einen dieser Haifische zu fangen, die sich rings um das Floß im Meer tummeln? Nein, man müßte sich denn selbst ins Meer stürzen, um mit dem Messer eins dieser Ungeheuer in seinem eignen Element anzugreifen, so wie es die Perlenfischer tun. Robert Kurtis hat daran gedacht, dieses Abenteuer zu wagen. Wir halten ihn zurück, die Haifische sind zu zahlreich, und es hieße, sich ohne irgendeinen Nutzen nur dem gewissen Tod zu weihen.

Ich stelle fest, daß man sich zwar durch ein Bad im Meer oder durch Kauen irgendeines Gegenstandes ein wenig über den Durst hinwegtäuschen kann; mit dem Hunger dagegen verhält es sich nicht so: Nichts ist imstande, die Nahrungsmittel zu ersetzen. Regen vermag den Schiffbrüchigen neues Wasser und damit Rettung zu bringen. Wenn man also niemals verzweifeln muß zu verdursten, so kann einen der Hunger viel leichter tatsächlich umbringen.

Wir sind nun schon an diesem Punkt angelangt, und einige meiner Gefährten sehen sich gegenseitig mit wahrhaft gierigen Augen an.

Man vergegenwärtige sich, auf welchem Abhang unsere Gedanken weitergleiten und bis zu welchem Grad der Wildheit die durch ein nicht zu unterdrückendes Verlangen gereizten Unglücklichen herabsinken können!

Seitdem die Gewitterwolken, die uns den kurzen Regen beschert haben, vorübergezogen sind, ist auch der Himmel wieder klar geworden. Einen Augenblick hat der Wind aufgefrischt, aber jetzt hat er sich wieder gelegt, und das Segel hängt schlaff am Mast. Übrigens sehnen wir ihn uns gar nicht mehr als die uns bewegende Kraft herbei. Wo befindet sich das Floß? Zu welchem Punkt des Atlantischen Ozeans haben die Strömungen es wohl getrieben? Niemand vermag es zu sagen noch zu bestimmen, ob wir den Wind jetzt lieber aus Osten oder aus Norden oder Süden wehen sähen! Wir verlangen nur eins von ihm, daß er uns ein wenig erfrische, daß er der trockenen Luft, die uns verzehrt, ein wenig

Feuchtigkeit beimische, daß er die unausstehliche Hitze mäßige, die die feurige Sonne vom Zenit herabgießt.

Der Abend ist gekommen, und bis Mitternacht, das heißt bis zu der Stunde, da der Mond aufgeht, der in sein letztes Viertel tritt, wird es dunkel sein. Die etwas verschleierten Sternbilder flimmern nicht mit dem hellen Licht wie in kalten Nächten.

Wie im Delirium und unter der Qual des fürchterlichsten Hungers, der sich bei Tagesanbruch zu verdoppeln scheint, strecke ich mich auf einen Haufen Segel, der an Steuerbord liegt, und neige mich über das Wasser, um seine Frische einzuatmen.

Wieviel meiner Gefährten, die an ihrem gewohnten Platz liegen, mögen wohl im Schlummer ihre Leiden vergessen? Vielleicht keiner! Was mich betrifft: In meinem Kopf jagen sich quälende Alpträume.

Ich falle in eine krankhafte Betäubung, die weder Wachen noch Schlaf zu nennen ist, und es ist mir unmöglich, anzugeben, wie lange dieser Zustand angedauert hat, als ich plötzlich durch ein eigentümliches Geräusch wieder zu mir komme.

Ich habe geglaubt zu träumen, denn meine Nase hat ein hier auf dem Floß ganz unmöglicher Duft getroffen, den der Wind mir dann und wann zuweht. Meine Nasenlöcher weiten sich. Was bedeutet dieser Geruch? bin ich versucht zu rufen. Ein Instinkt hält mich davor zurück, und ich suche, wie man in seinem Gedächtnis einem vergessenen Wort oder Namen nachzuspüren pflegt.

Einige Augenblicke vergehen so. Der Geruch scheint stärker zu werden, ich nehme ihn gieriger in mich auf.

Das ist doch, sage ich mir da plötzlich wie ein Mensch, der sich besonnen hat, das ist doch der Geruch von geräuchertem Fleisch!

Noch einmal prüfe ich, um sicher zu sein, daß mich meine Sinne nicht getäuscht haben, und doch, auf diesem Floß . . .

Ich erhebe mich auf die Knie, ich rieche von neuem, ich – man verzeihe mir den Ausdruck –, ich durchschnüffle diese Luft ringsum, und noch einmal trifft jener Geruch meine Nase. Also befinde ich mich unter dem Wind von jenem lieblich duftenden Etwas, und folglich ist das auf dem Vorderteil des Floßes zu suchen.

So schleiche ich denn, kriechend wie ein Tier, von meinem Platz und stöbere überall, nicht mit den Augen, sondern mit der Nase umher, gleite unter den Segelstücken hin, in und durch das Untergestell, immer mit der Vorsicht einer Katze, um die Aufmerksamkeit meiner Gefährten nicht zu erregen.

Einige Minuten lang krieche ich so in alle Winkel, vom Geruch wie ein Spürhund geführt. Bald verliere ich die Spur, entweder wenn ich mich zu weit von ihr entferne oder wenn sich der Wind völlig legt, und bald trifft mich der Geruch mit erneuter Stärke. Endlich bin ich imstande, die Spur festzuhalten, ihr zu folgen; ich fühle es gleichsam, daß ich jetzt auf den Grund meiner Nachforschung direkt zugehe!

Da erreiche ich im Vorderteil die Ecke an Steuerbord und erkenne jetzt deutlich, daß jener Geruch von einem Stück geräucherten Specks herrührt. Nein, ich täusche mich nicht; es ist mir, als hätte ich dieses Stück Speck schon auf der Zunge!

Jetzt schlüpfe ich unter einen dicken Haufen Segelwerk. Niemand sieht mich, niemand hört mich. Ich gleite auf den Knien, auf den Ellenbogen hin. Ich strecke den Arm aus, und meine Hand erfaßt einen in Papier gewickelten Gegenstand. Schnell hole ich ihn hervor und sehe ihn beim Schein des Mondes, der gerade jetzt über den Horizont emporsteigt, näher an.

Es ist keine Illusion! Ich halte ein Stück Speck in der Hand, kaum ein Viertelpfund, doch das vermag für einen ganzen Tag meine Qualen zu stillen, und schnell führe ich es zum Mund.

Da hält eine andere Hand die meine zurück. Ich drehe mich um, kaum kann ich mich eines Murrens enthalten, und erkenne den Steward Hobbart.

Jetzt wird mir alles klar; das eigentümliche Benehmen Hobbarts, seine verhältnismäßig gute Gesundheit, seine erheuchelten Klagen. Bei dem Schiffbruch hat er einigen Mundvorrat zu bergen gewußt, den er in einem Versteck untergebracht hat, und er hat sich genährt, während wir andern vor Hunger sterben wollten! O dieser Schurke!

Doch nein! Hobbart hat vielleicht ganz klug gehandelt. Ich finde, daß er ein sehr vorsichtiger Mann ist, und wenn er ohne Wissen der übrigen etwas an Nahrungsmitteln aufbewahrt hat, so ist das desto besser für ihn ... und für mich.

Hobbart ist freilich nicht dieser Meinung. Er ergreift meine Hand und sucht mir das Stück Speck wieder zu entreißen, doch ohne ein Wort zu sprechen, da er die Aufmerksamkeit der andern zu erregen fürchtet.

Wir kämpfen schweigend, denn ich habe ja dieselbe Ursache, still zu sein. Ich will natürlich nicht, daß noch weitere hinzukommen, mir meine Beute abzujagen, und wehre Hobbart mit allen Kräften ab; da höre ich ihn die Worte zwischen den Zähnen murmeln: »Mein letztes Stückchen! Mein letzter Bissen!«

Sein letzter Bissen! Und der muß um jeden Preis mein werden; ich packe meinen Gegner an der Gurgel, der schnappt unter meinen Händen nach Luft und sinkt bewegungslos zusammen – die Beute gehört mir!

Und während ich Hobbart noch immer niederhalte, verschlinge ich den Speck.

Dann lasse ich den Unglücklichen los, krieche fort und nehme meinen Platz am Heck wieder ein.

Niemand hat mich bemerkt. Ich habe gegessen!

SIEBENUNDVIERZIGSTES KAPITEL

18. Januar

Ich erwarte den Tag mit einer eigentümlichen Angst! Was wird Hobbart sagen? Mir scheint, er hat ein Recht dazu, von dem Vorfall zu sprechen! Doch nein! Das ist absurd. Wenn ich das Geschehene erzählen wollte, wenn ich sagte, wie gut Hobbart gelebt hat, während uns der Hungertod gedroht hat, wie er sich so viele Tage ohne unser Wissen genährt hat, seine Gefährten würden ihn ohne Erbarmen zerfleischen.

Und doch ... Ich wünschte, es wäre heller Tag.

Augenblicklich ist das Hungergefühl etwas betäubt worden, obwohl das Stückchen Speck nur klein, nur ein Bissen, der letzte gewesen ist, wie der Unglückliche gesagt hat. Indessen, ich leide jetzt nicht mehr, und doch, ich gestehe es offen, mache ich mir fast Vorwürfe, den erbärmlichen Rest nicht mit meinen Unglücksgefährten geteilt zu haben. Ich hätte an Miß Herbey, an André, an seinen Vater denken sollen, und ich habe nur an mich gedacht!

Der Mond sinkt langsam, und bald folgt ihm das erste Morgenlicht. Schnell wird es Tag werden, denn wir befinden uns unter jenen niedrigen Breiten, die weder Morgen- noch Abenddämmerung kennen.

Ich habe kein Auge zutun können; sobald es einigermaßen hell wird, scheint es mir, als schwanke eine unförmige Masse in halber Höhe am Mast.

Was mag das sein? Noch kann ich es nicht erkennen und verbleibe ausgestreckt auf meinem Segelbündel.

Doch endlich streifen die ersten Sonnenstrahlen über das Meer, und bald sehe ich einen Körper, der an einem Strick hängt und den Bewegungen des Floßes folgt.

Eine schreckliche Ahnung überschleicht mich fröstelnd, und ich nähere mich dem Mast.

Jemand hat sich erhängt, und dieser Erhängte ist – der Steward Hobbart, dieser Unglückliche, und ich, ja ich, habe ihn zum Selbstmord getrieben!

Ich stoße einen Schreckensschrei aus. Meine Gefährten erheben sich, sehen den Toten und stürzen auf ihn zu. Ob noch ein Fünkchen Leben

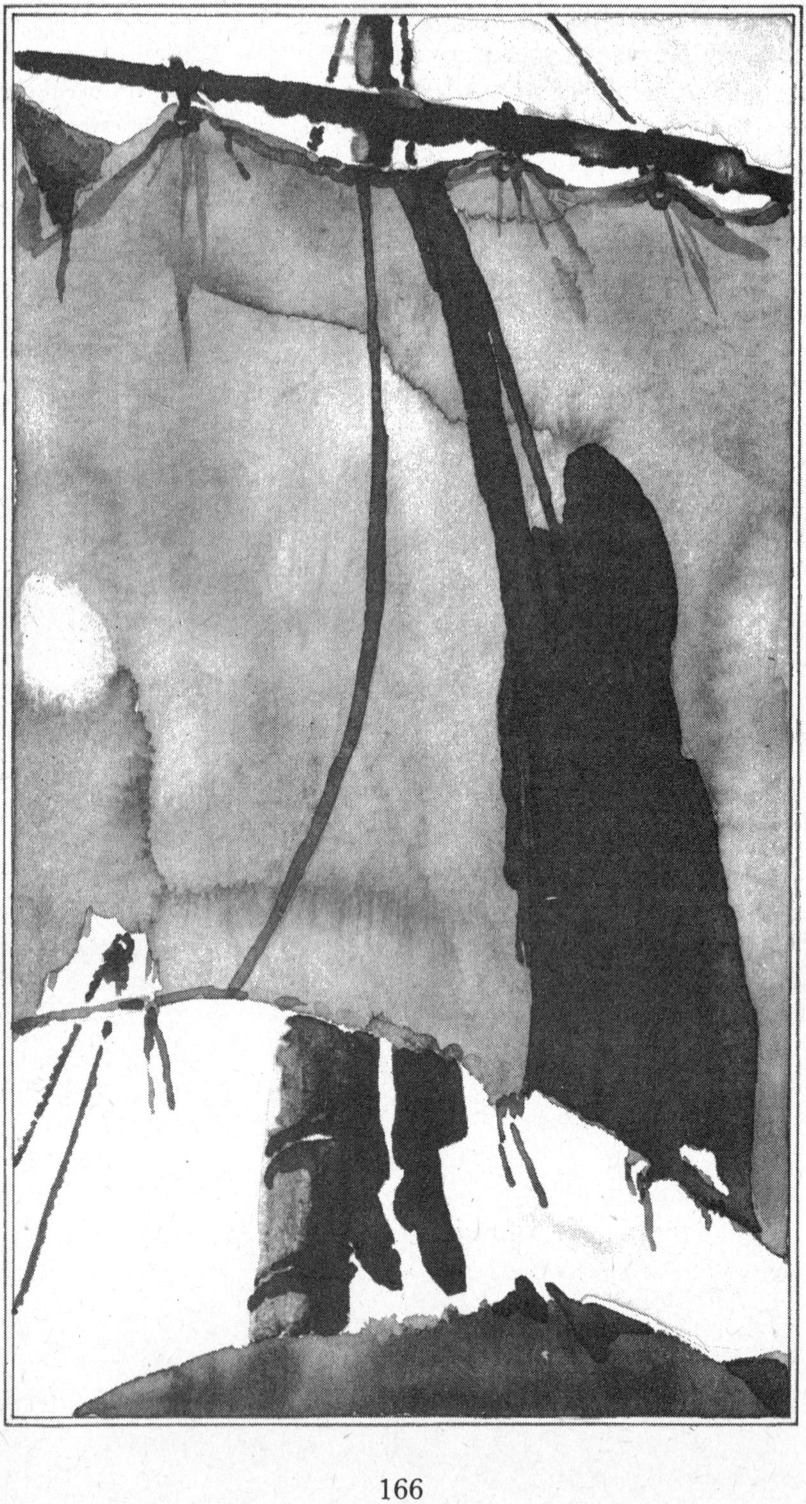

in ihm schlummert, danach fragt niemand! Übrigens, Hobbart ist wirklich tot, sein Körper ist schon erkaltet.

In einem Augenblick wird der Strick zerschnitten. Der Hochbootsmann, Douglas, Jynxtrop, Falsten und einige andere fallen über den Leichnam her ...

Nein! Ich habe nichts gesehen! Ich habe nichts sehen wollen – ich nehme keinen Anteil an diesem Entsetzlichen. Miß Herbey, André Letourneur und sein Vater folgen meinem Beispiel.

Robert Kurtis? – Ich weiß es nicht ... Ich habe nicht gewagt, ihn danach zu fragen.

Die andern aber ... Oh, der Mensch verwandelt sich so schnell in ein Raubtier ... Es ist schrecklich!

Die Herren Letourneur, Miß Herbey und ich, wir haben uns unter das Zelt verkrochen, um nichts zu sehen und nichts zu hören.

Ob dieser Auftritt wohl die Einleitung zu noch Schrecklicherem sein wird?

ACHTUNDVIERZIGSTES KAPITEL

19. Januar

Während dieses Tages derselbe Himmel, dieselbe Temperatur, und auch die Nacht kommt heran, ohne eine Änderung zu bringen. Ich habe nicht eine Minute geschlafen.

Gegen Morgen höre ich wütendes Schreien.

Die Herren Letourneur und Miß Herbey, die mit mir unter demselben Zeltdach liegen, erheben sich. Ich schlage die Leinwand zurück und sehe nach, was vorgeht.

Der Hochbootsmann, Douglas und die andern Matrosen sind furchtbar aufgeregt. Robert Kurtis, der im Heck sitzt, springt auf und sucht jene, nachdem er sich nach der Ursache ihrer Wut erkundigt hat, zu beruhigen.

»Nein! Nein! Wir müssen wissen, wer uns das angetan hat«, ruft Douglas und wirft wilde Blicke um sich.

»Ja«, fällt der Hochbootsmann ein, »es ist ein Dieb hier!«

»Ich war es nicht! – Ich auch nicht!« antworten die Matrosen einer nach dem andern.

Ich sehe die Unglücklichen alle Ecken durchsuchen, die Segel aufheben, die Planken der Plattform verschieben. Ihre Wut wächst nur, je länger sie vergeblich suchen.

Der Hochbootsmann kommt auf mich zu.

»Sie müssen den Dieb kennen«, sagt er.

»Den Dieb wovon? Ich weiß nicht, was Sie meinen«, antworte ich.

Douglas und einige andere Matrosen nähern sich.

»Wir haben das ganze Floß durchwühlt«, sagt Douglas, »jetzt ist nur noch dieses Zelt zu untersuchen.«

»Niemand von uns hat dieses Zelt verlassen, Douglas.«

»Wir müssen nachsehen.«

»Nein, laßt die in Ruhe, die nahe daran sind, vor Hunger zu sterben!«

»Mister Kazallon«, sagte der Hochbootsmann in ruhigem Ton zu mir, »wir beschuldigen Sie nicht. Sie und die andern Herrschaften hier haben sich gestern nicht beteiligt. Wenn Sie nun . . .«

»Untersuchen wir das Zelt!« ruft Sandon.

Die Matrosen dringen ein, und ich vermag den Unglücklichen, die der Zorn verblendet, nicht zu wehren. Eine schreckliche Furcht erfaßt mich. Sollte Mr. Letourneur das vielleicht für seinen Sohn getan haben? Wenn es der Fall ist, werden diese Furien ihn zerreißen.

Ich sehe Robert Kurtis an, wie um von ihm Schutz zu erbitten, und der Kapitän stellt sich an meine Seite. Er hält beide Hände in den Taschen, ich vermute, daß er darin Waffen hat.

Inzwischen haben Miß Herbey und die Herren Letourneur auf Anordnung des Hochbootsmanns das Zelt verlassen müssen, das man bis in die geheimsten Winkel durchsucht – doch zum Glück vergebens.

Der Hochbootsmann, der Zimmermann und die Matrosen rasen vor Wut.

Wer also hat es getan? Ich sehe Miß Herbey an, Mr. Letourneur, und ihre Blicke antworten mir, daß sie es nicht sind.

Meine Augen schweifen zu André, der eine Sekunde den Kopf wegwendet.

Der unglückliche junge Mann? Sollte er es gewesen sein?

NEUNUNDVIERZIGSTES KAPITEL

20. bis 22. Januar

Miß Herbey, André Letourneur, sein Vater und ich leiden unaussprechlich vor Hunger. Was wird wohl geschehen, wenn wieder einer von uns stirbt? Werden wir dann immer noch zu widerstehen vermögen?

Der Hochbootsmann, Douglas und die andern haben nun ebenfalls wieder Hunger bekommen und sehen uns mit verwirrten Blicken an. Betrachten sie uns als sichere Beute?

Und doch: Woran wir am meisten leiden, das ist nicht der Hunger, sondern der Durst. Gewiß, hätten wir zwischen einigen Tropfen Wasser und einem Stück Zwieback zu wählen, wir würden nicht im Zweifel sein. Von Schiffbrüchigen, denen es genauso gegangen ist wie uns, ist das wiederholt ausgesprochen worden, und es verhält sich auch wirklich so.

Und, o abscheulicher Spott, rings um sich hat man das Wasser des Meeres, das dem Trinkwasser ja so ähnlich sieht! Des öfteren habe ich versucht, einige Tropfen davon zu genießen, aber es erzeugt einen unüberwindlichen Ekel und nur noch heftigeren Durst.

Oh, das ist zuviel! Seit vierundvierzig Tagen haben wir nun das Schiff verlassen! Wer von uns kann sich noch einer Illusion für die Zukunft hingeben? Sind wir nicht verdammt, einer nach dem andern langsam hinzusterben, und das durch eine der schrecklichsten Todesarten?

Ich fühle, wie sich mein Gehirn allmählich umnebelt. Wie ein Wahnsinn erfaßt es mich, und ich habe Mühe, nicht den Verstand zu verlieren. Dieser Zustand erschreckt mich! Wohin wird er mich noch führen! Werde ich stark genug sein, meine Vernunft zu bewahren?

Ich bin wieder zu mir gekommen, nach wieviel Stunden, vermag ich nicht zu sagen. Meine Stirn fand ich mit Kompressen bedeckt, die Miß Herbey sorgfältig mit Seewasser tränkt, doch ich fühle, daß ich nur noch kurze Zeit zu leben habe.

Heute, am 22., spielt sich eine entsetzliche Szene ab. Der Koch Jynxtrop, der plötzlich toll geworden ist, läuft heulend auf dem Floß umher. Robert Kurtis versucht ihn aufzuhalten, doch vergeblich. Er wirft sich auf uns, um uns zu zerfleischen, so daß wir Mühe haben, uns gegen die Angriffe dieses wilden Tiers zu wehren. Jynxtrop hat einen Hebebaum ergriffen, und wir können seinen Schlägen nur schwer ausweichen.

Plötzlich wendet er sich, als flackere der Wahnsinn aufs neue auf, gegen sich selbst und zerreißt sich mit den eigenen Zähnen, zerkratzt sich mit den Nägeln und spritzt uns sein Blut ins Gesicht.

Dann stürzt er sich über die Brüstung, und ich höre, wie er ins Meer fällt.

Der Hochbootsmann, Falsten und Douglas eilen nach vorn, um ihn wieder aufs Floß zu ziehen, aber sie sehen nur noch einen blutigen Kreis, in dessen Mitte sich die Haifische tummeln.

FÜNFZIGSTES KAPITEL

22. und 23. Januar

Nur elf sind wir noch an Bord, und mir erscheint es unmöglich, daß nicht jeden Tag ein neues Opfer hinzukäme. Das Ende des Dramas, es sei, wie es will, kommt nun heran. Vor Ablauf einer Woche müssen wir entweder Land erreicht haben oder von einem Schiff aufgenommen worden sein, andernfalls wird niemand mehr von uns am Leben bleiben.

Am 23. hat sich das Aussehen des Himmels auffallend verändert, die Brise ist merklich stärker geworden. Der Wind hat im Lauf der Nacht nach Nordosten gedreht. Das Segel des Floßes ist wieder aufgebläht, und ein langes Kielwasser beweist uns, daß wir nicht unerheblich vorwärts treiben. Der Kapitän schätzt unsere Bewegung auf drei Knoten.

Robert Kurtis und Ingenieur Falsten sind von uns allen noch in der besten Verfassung, und obwohl auch sie im höchsten Grad abgemagert sind, ertragen sie alle Entbehrungen mit erstaunlicher Ausdauer. Wie sehr die arme Miß Herbey angegriffen ist, vermag ich nicht zu schildern. Sie ist bloß noch Haut und Knochen, nur in ihren Augen ist noch Leben.

Auch der Hochbootsmann, der sonst soviel Energie gezeigt hat, ist jetzt völlig apathisch. Er ist einfach nicht wiederzuerkennen. Sein Kopf sinkt ihm auf die Brust, seine langen knochigen Arme hängen schlotternd herab, und spitz treten die Kniescheiben unter seiner abgenutzten Hose hervor – so sitzt er unbeweglich in einem Winkel des Floßes und bewegt nicht einmal die Augen. Wie unterscheidet er sich doch da von Miß Herbey! Er sitzt so still, daß ich manchmal auf den Gedanken komme, er sei schon gestorben.

Kein Wort, keinen Seufzer mehr hört man auf dem Floß. Rings herrscht Grabesruhe. Nicht zehn Worte werden den Tag über gewechselt, und diese wenigen Worte sind bei unseren vertrockneten und verhärteten Lippen nicht zu verstehen. Das Floß trägt nur noch blasse, blutlose Gespenster, die nichts Menschliches mehr an sich haben!

EINUNDFÜNFZIGSTES KAPITEL

24. Januar

Wo sind wir? Wohin sind wir verschlagen worden? Zweimal habe ich Robert Kurtis danach gefragt, doch vermochte er mir keine bestimmte Antwort darauf zu geben. Da er jedoch die Richtung der Strömung und der Winde immer aufgezeichnet hat, so glaubt er, daß wir im ganzen weiter nach Westen, also auf das Land zu, getrieben worden sind.

Heute ist es wieder absolut windstill, und dennoch verrät die hohlgehende See, daß es im Osten einen Sturm gegeben haben muß. Das Floß arbeitet schwer, und Robert Kurtis, Falsten und der Zimmermann setzen ihre letzten Kräfte daran, seine Teile, die sich zu lockern drohen, sicherer zu befestigen.

Warum bemühen sie sich noch? Soll doch das Floß endlich auseinanderbrechen und der Ozean uns verschlingen! Wir haben keine Kraft mehr, um unser Leben zu kämpfen.

Unsere Qualen haben den höchsten Grad erreicht, den Menschen ertragen, unmöglich können sie noch größer werden! Es ist nicht mehr auszuhalten, der Himmel gießt die Hitze wie geschmolzenes Blei über uns aus. Der Schweiß läuft durch unsere Lumpen, und das vergrößert noch den Durst. Nein, ich kann es nicht wiedergeben, was ich empfinde. Die Worte fehlen mir, wenn es gilt, diese Qualen zu schildern.

Die einzige Möglichkeit, durch die wir uns bisher einige Erquickung zu verschaffen vermochten, ist uns jetzt ebenfalls abgeschnitten. Niemand darf mehr daran denken, zu baden, denn seit Jynxtrops Tod umringen uns die Haifische in ganzen Scharen.

Heute habe ich versucht, mir durch Verdunsten von Meerwasser etwas trinkbares Wasser zu verschaffen. Doch trotz der größten Geduld gelang es mir kaum, ein Stück Leinenzeug anzufeuchten. Außerdem widerstand der sehr abgenutzte Siedekessel dem Feuer nicht mehr, schmolz zusammen, und ich war genötigt, die Bemühungen einzustellen.

Ingenieur Falsten ist jetzt ebenfalls völlig gebrochen, er wird uns höchstens um einige Tage überleben. Wenn ich die Augen einmal aufschlage, sehe ich ihn kaum mehr. Liegt er irgendwo unter Segeln, oder ist er schon tot? Nur der energische Kapitän Kurtis steht auf dem Vorderteil und lugt ins Weite. Wenn man sich vorstellt, daß dieser Mann noch Hoffnung hat!

Ich selbst strecke mich auf dem Boden aus und erwarte den Tod. Je eher er da ist, desto willkommener soll er mir sein!

Wieviel Stunden mir in dieser Weise verflossen sind – ich weiß es nicht, doch ich höre gellendes Gelächter, einer von uns muß wahnsinnig geworden sein!

Das Lachen verdoppelt sich. Ich hebe den Kopf nicht. Wozu auch? Einige unzusammenhängende Worte erreichen dennoch mein Ohr.

»Eine Wiese! Eine Wiese! Grüne Bäume! Eine Schenke unter den Bäumen! Schnell, schnell! Branntwein her! Gin! Wasser! Eine Guinee für den Tropfen! Ich bezahl es! Ich habe Gold, viel Gold!«

Armer Verblendeter! Für alle Reichtümer Altenglands könntest du jetzt keinen Tropfen Wasser kaufen.

Der Matrose Flaypol ist es, der, von Delirien erfaßt, ruft:

»Land! Da ist das Land!«

Dieses Wort hätte bei uns auch Tote erweckt. Ich mache eine schmerzliche Anstrengung und erhebe mich. Kein Land ist sichtbar. Flaypol läuft auf der Plattform umher, er lacht, singt und gibt Zeichen zu der eingebildeten Küste hin! Er spricht auch mit abwesenden Freunden. Er führt sich zur Schenke in Cardiff, dort bietet er ihnen Gin, Whisky, Wasser an, vor allem Wasser: Wasser, das ihn trunken macht! Da geht er über alle die daliegenden Körper hinweg, stolpert bei jedem Schritt, fällt hin und erhebt sich wieder, singt mit weinseliger Stimme und sieht aus, als wäre er völlig betrunken. In seinem Wahnsinn leidet er nicht, und sein Durst ist gestillt! Oh, könnte ich doch ebenfalls diese Sinnestäuschungen haben!

Wird der Unglückliche ebenso enden wie der Koch Jynxtrop und sich zuletzt ins Meer stürzen?

Douglas, Falsten und der Hochbootsmann müssen das erwartet haben, denn wenn er sich umbringen sollte, wollen sie es »nicht ohne Vorteil für sich« geschehen lassen! Sie erheben sich, sie folgen ihm, sie belauern ihn, und wenn Flaypol ins Meer spränge, diesmal würden sie ihn den Haifischen aus den Zähnen reißen!

Doch es sollte so nicht kommen. Im Verlauf seiner Halluzinationen ist Flaypol im letzten Stadium der Trunkenheit angelangt, so als ob er sich durch die geistigen Getränke wirklich berauscht hätte, die er freigebig angeboten hat, und wie tot stürzt er in einem Winkel zusammen und fällt in einen bleiernen Schlaf.

ZWEIUNDFÜNFZIGSTES KAPITEL

25. Januar

Die Nacht vom 24. zum 25. ist dunstig gewesen, ich weiß nicht, warum sie so schwül und der Nebel wahrhaft erstickend gewesen ist. Man sollte meinen, ein Funke genügte, die Luft wie einen explosiven Körper zu entzünden und den ganzen Weltraum in Brand zu setzen. Das Floß bewegt sich nicht nur nicht fort, nein, es schwankt nicht einmal mehr, so daß ich mich manchmal frage, ob es denn noch schwimmt.

Während dieser Nacht versuche ich zu zählen, wieviel wir noch sind. Es scheint mir, als ob wir noch elf Personen wären, aber ich habe Mühe, meine Gedanken beisammenzuhalten. Einmal zähle ich zehn, das andere Mal zwölf. Wir müssen wohl elf sein, denn der Koch Jynxtrop ist umgekommen. Morgen werden es nur noch zehn sein, denn bis dahin bin ich gestorben.

Ich fühle es recht wohl, daß ich mich dem Ende meiner Qualen nähere, denn mein ganzes vergangenes Leben zieht durch meine Erinnerung, und es ist mir vergönnt, mein Vaterland, meine Freunde, meine Familie zum letztenmal im Traum zu sehen!

Gegen Morgen bin ich erwacht, wenn man die krankhafte Betäubung, in der ich gelegen habe, Schlaf nennen darf. Gott verzeihe mir, doch ich denke nun ernstlich daran, diesem Zustand ein Ende zu machen! Diese Idee setzt sich in meinem Gehirn immer mehr fest, und es gewährt mir eine Art Freude, mir zu sagen, daß meine Leiden ein Ende haben werden, wenn ich es will.

Ich habe Robert Kurtis von meinem Entschluß unterrichtet und ihm davon mit einer auffallenden Ruhe gesprochen. Der Kapitän begnügt sich, mir durch ein zustimmendes Zeichen zu antworten. Dann aber sagt er:

»Was mich betrifft, ich werde mich nicht selbst töten, denn das hieße meinen Posten verlassen, und das darf ich nicht. Wenn der Tod mich nicht vor den andern ereilt, werde ich bis zuletzt auf dem Floß ausharren!«

Der Nebel lichtet sich nicht, wir schwimmen mitten in weißgrauem Dunst; man sieht fast die Wasseroberfläche nicht mehr. Wie eine dichte

Wolke erhebt sich der Nebel aus dem Ozean, aber man fühlt recht gut, daß über ihm die Sonne brennt, die in kurzer Zeit all diesen Wasserdampf aufgesogen haben wird.

Gegen sieben Uhr glaube ich Vogelgeschrei über meinem Kopf zu vernehmen. Robert Kurtis, der aufmerksam lauscht, hört die Töne, die sich dreimal wiederholen, ebenfalls.

Beim drittenmal nähere ich mich ihm und höre, wie der Kapitän mit dumpfer Stimme murmelt:

»Vögel! Aber dann ..., dann müßte ja das Land nahe sein!«

Robert Kurtis glaubt also noch an das Land? Ich nicht mehr! Nein, es gibt keine Kontinente, keine Inseln mehr, und der ganze Erdball ist wiederum nur jene mit Wasser bedeckte Kugel wie zur Zeit der zweiten Schöpfungsperiode!

Dennoch erwarte ich das Aufsteigen des Nebels mit erklärlicher Spannung, nicht deshalb, weil ich mir schmeichelte, dann vielleicht Land zu erblicken, sondern weil es mich drängt, den absurden Gedanken, den eine unerfüllbare Hoffnung mir vorspiegeln wollte, schnell loszuwerden.

Erst gegen elf Uhr beginnt sich der Dunst aufzulösen, und während seine dichten Wolken über die Oberfläche des Wassers gleiten, sehe ich an manchen Stellen den Himmel hindurchschimmern. Glänzende Strahlen dringen bis zu uns hernieder und treffen uns wie weißglühende metallene Pfeile. Dennoch vermag ich den Horizont nicht wahrzunehmen.

Eine halbe Stunde lang umhüllen diese Nebel das Floß und zerteilen sich bei der absoluten Windstille nur sehr langsam.

Robert Kurtis, der sich auf die Brüstung der Plattform stützt, sucht diesen dicken Nebelvorhang mit den Augen zu durchdringen.

Endlich glänzt die Sonne mit ihrer vollen Pracht über dem Ozean, der Nebel weicht, ein großer Kreis um uns wird sichtbar, und der Horizont erscheint.

Es ist derselbe Horizont wie seit sechs Wochen. Eine ununterbrochene runde Linie, in der Himmel und Wasser ineinander übergehen!

Nachdem Robert Kurtis sich umgesehen hat, verharrt er in tiefem Schweigen. Ach, ich bedaure ihn wirklich, denn von uns allen ist er der einzige, der nicht das Recht hat zu enden, wann es ihm beliebt. Ich, ich werde morgen sterben, und wenn der Tod nicht kommt, mich zu erlösen, werde ich ihm entgegengehen. Was meine Gefährten betrifft, so weiß ich nicht, ob sie noch am Leben sind, und es scheint mir, als wären viele, viele Tage verflossen, seit ich sie zum letztenmal gesehen habe.

Die Nacht ist gekommen, doch ich habe keinen Augenblick geschlafen. Gegen zwei Uhr quält mich der Durst so furchtbar, daß ich laut aufschreie. Wie? Vor dem Tod sollte ich nicht noch einmal die Wollust genießen, das Feuer zu löschen, das meine Brust verzehrt?

Und doch! Ich werde mein eigenes Blut trinken, wenn ich das der andern nicht habe. Das wird mir zwar nichts nützen, ich weiß es, doch ich werde mein Leiden betrügen!

Kaum ist dieser Gedanke in mir aufgestiegen, schreite ich auch schon zur Tat. Es gelingt mir, mein Messer zu öffnen. Mein Arm ist entblößt, und mit raschem Stoß zerschneide ich eine Vene. Nur tropfenweise quillt das Blut heraus, und so stille ich meinen Durst an der Quelle meines eigenen Lebens! Dieses Blut kehrt ja wieder in mich zurück, und ich besänftige einen Augenblick meine wilden Schmerzen. Dann stockt es; ihm fehlt die Kraft zu fließen.

Wie lange dauert es, bis jener Morgen kommen will!

Wiederum hat sich am Horizont dichter Nebel gebildet, der den Gesichtskreis, dessen Mittelpunkt das Floß ist, beschränkt; aber dieser Nebel ist glühend wie die Wolken, die aus einem Schmelzofen ausströmen.

Das ist heute der letzte Tag meines Lebens.

Bevor ich sterbe, würde ich glücklich sein, die Hand meines Freundes zu drücken. Robert Kurtis ist da, nicht weit von mir. Ich schleppe mich zu ihm und ergreife seine Hand. Er versteht mich, er weiß, daß das ein Abschied ist, doch es hat den Anschein, als wolle er mich durch einen letzten Gedanken an Hoffnung zurückzuhalten versuchen! Das ist vergebens.

Ich hätte auch die Herren Letourneur und Miß Herbey gern noch einmal gesehen ... Ich wage es nicht! Das junge Mädchen würde mir meinen Entschluß von den Augen ablesen! Sie würde mir von Gott sprechen und von dem andern Leben, das man ergeben erwarten soll! Erwarten! Gott sei mir gnädig, aber ich habe den Mut dazu nicht mehr.

Ich krieche auf dem Floß hin, und mit der letzten Kraftanstrengung gelingt es mir, mich am Mast aufzurichten. Zum letztenmal lasse ich meine Augen über dieses unerbittliche Meer hinweg schweifen und über den Horizont, der sich nie und nimmer verändert. Wenn mir jetzt ein Land erschiene oder ein Segel sich über den Wellen erhöbe, so würde ich glauben, der Spielball einer Illusion zu sein. Doch das Meer ist öde und verlassen.

Es ist jetzt zehn Uhr morgens. Der Augenblick, meinen Qualen ein Ende zu machen, ist gekommen. Das Zerren des Hungers und das Stacheln des Durstes zerreißen mich mit erneuter Heftigkeit, und jeglicher

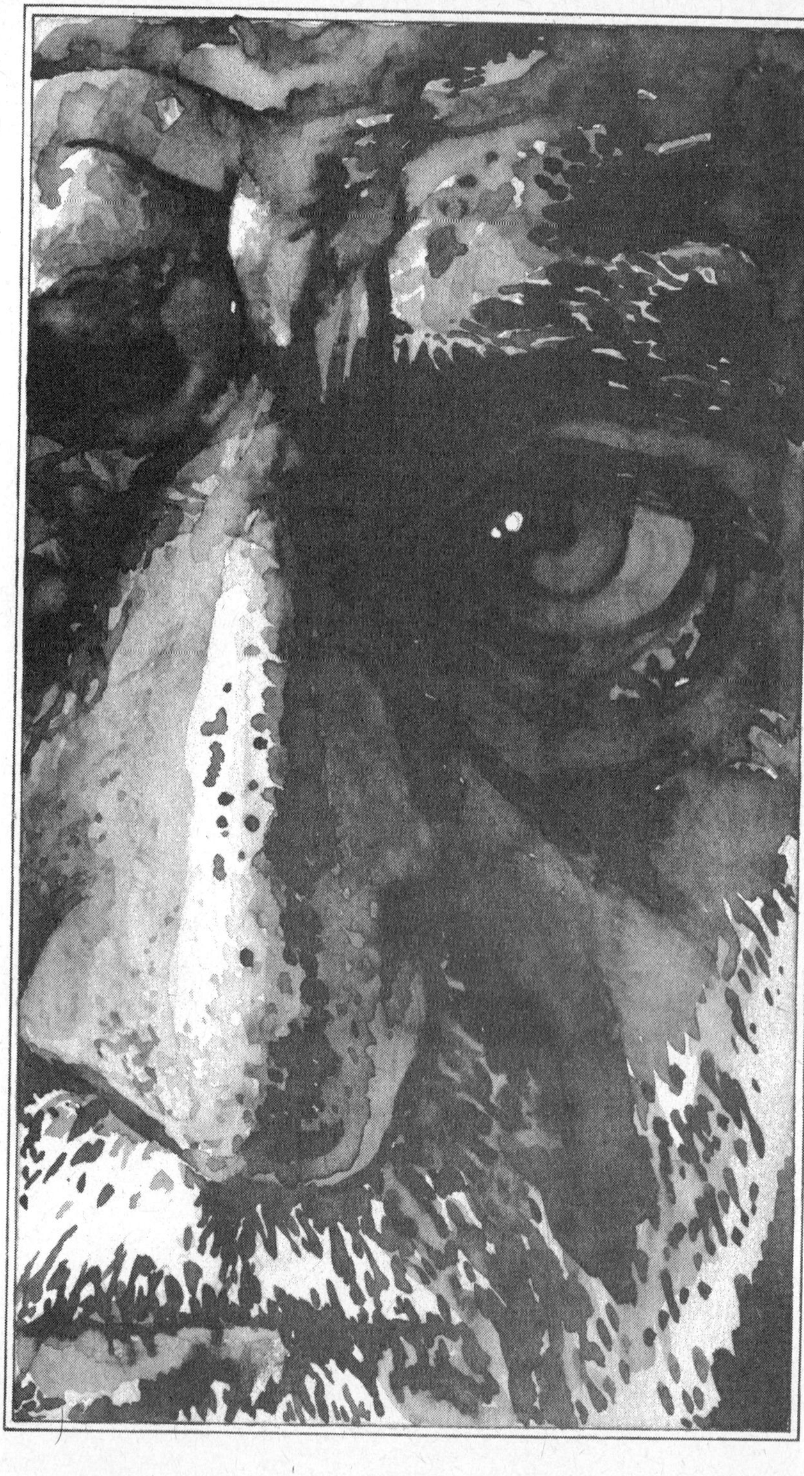

Trieb der Selbsterhaltung erlischt in mir. In einem Augenblick habe ich aufgehört zu leiden! Gott erbarme sich meiner!

In dieser Sekunde ist eine Stimme zu hören, ich erkenne die des Zimmermanns.

Douglas steht neben Robert Kurtis.

»Kapitän«, sagt er, »wir wollen nun losen.«

Ich bin im Begriff, mich ins Wasser zu stürzen, aber ich tue es nicht. Warum? Ich weiß es selbst nicht, und nun schleppe ich mich zum Heck des Floßes zurück.

DREIUNDFÜNFZIGSTES KAPITEL

26. Januar

Der Vorschlag ist gemacht. Alle haben ihn gehört, alle verstanden. Seit einigen Tagen schon ist er zur fixen Idee geworden, die nur niemand in ihrer Brutalität auszusprechen gewagt hat.

Man will das Los entscheiden lassen.

Jeder wird einen Teil von dem erhalten, den das Los getroffen haben wird. Nun gut, es sei! Wenn mich das Los träfe, ich würde mich nicht beklagen oder wehren.

André Letourneur hat eine Ausnahme zugunsten Miß Herbeys vorgeschlagen, doch ein Murmeln des Unmuts wird unter den Matrosen hörbar. Wir sind elf an Bord. Jeder hat also zehn Chancen für und nur eine gegen sich; die vorgesehene Ausnahme würde dieses Verhältnis umstoßen. Miß Herbey muß das Schicksal aller andern teilen.

Es ist zehn Uhr dreißig geworden. Der Hochbootsmann, den Douglas' Vorschlag wieder belebt hat, dringt darauf, daß sogleich gelost wird. Er hat recht. Übrigens hängt wohl keiner von uns mehr besonders am Leben, und der, den das Los treffen wird, geht den übrigen sicher nur um wenige Tage, vielleicht nur um wenige Stunden im Tod voran. Man weiß das; der Tod hat seinen Stachel verloren. Aber nicht einen oder zwei Tage mehr unter diesem Hunger leiden und diesen entsetzlichen Durst empfinden, das will man, das wird man erreichen.

Ich weiß nicht, wie es gekommen ist, daß sich alle unsere Namen in einem Hut befinden; es kann nur Falsten gewesen sein, der sie auf ein aus seinem Notizbuch herausgerissenes Stück Papier geschrieben hat.

Die elf Namen sind vorhanden, und man kommt ohne Widerspruch dahin überein, daß der letzte Name, der gezogen wird, das Opfer bezeichnen soll. Wer wird die Auslosung vornehmen? Alle schaudern davor zurück.

»Ich«, antwortet da einer von uns.

Ich sehe mich um, es ist Mr. Letourneur.

Er steht da, bleich, mit vorgestreckter Hand, seine weißen Haare fallen ihm über die ausgehöhlten Wangen, und er erschreckt uns durch seine gespenstische Ruhe!

Ach, unglücklicher Vater, ich verstehe dich; ich weiß es, warum gerade du die Namen aufrufen willst! Deine väterliche Opferfreudigkeit wird sogar soweit gehen.

»Wenn es Ihnen recht ist!« sagt der Hochbootsmann.

Mr. Letourneur senkte die Hand in den Hut, ergreift einen Zettel, entfaltet ihn, spricht mit lauter Stimme den Namen aus, den das Los trägt, und übergibt ihm dem, den er bezeichnet.

Der erste herausgezogene Name ist der Burkes, der einen Freudenschrei ausstößt.

Der zweite der Flaypols.

Der dritte der des Hochbootsmanns.

Der vierte der Falstens.

Der fünfte der Robert Kurtis'.

Der sechste der Sandons.

Über die Hälfte der Namen ist ausgerufen.

Der meine ist nicht gefallen, und ich suche die Chancen zu berechnen, die mir noch bleiben: Vier gute gegen eine schlechte.

Seitdem Burke jenen Schrei ausgestoßen hat, ist kein Wort mehr gesagt worden.

Mr. Letourneur fährt in seinem traurigen Geschäft fort.

Der siebente ist der Miß Herbeys, aber das junge Mädchen verrät kein Zeichen der Freude.

Der achte Name ist der meine. Ja! Der meine!

Der neunte Name:

»Letourneur!«

»Welcher!« fragt der Hochbootsmann.

»André!« antwortet Mr. Letourneur. André schreit auf und bricht dann bewußtlos zusammen.

»Nur vorwärts!« ruft der Zimmermann Douglas, dessen Name mit dem des Mr. Letourneur noch im Hut zurückgeblieben ist.

Douglas betrachtet seinen Rivalen als das Opfer, das er verschlingen will. Mr. Letourneur selbst zeigt fast ein Lächeln. Er führt seine Hand wieder in den Hut, er zieht das vorletzte Los heraus, entfaltet es langsam, und ohne daß seine Stimme zittert und mit einer Seelenstärke, die ich ihm kaum zugetraut hätte, spricht er den Namen Douglas aus.

Der Zimmermann ist gerettet, und ein Stoßseufzer entringt sich seiner Brust.

Dann nimmt Mr. Letourneur noch das letzte Blatt und zerreißt es, ohne es zu öffnen.

Doch ein Stückchen des zerrissenen Papiers fliegt, von niemand beachtet, in eine Ecke des Floßes. Ich krieche hin, ich ergreife es, und auf einer Ecke lese ich: »And . . .«

Mr. Letourneur kommt eiligst auf mich zu, nimmt mir das winzige Stück Papier weg, dreht es fest zusammen, und indem er mich scharf und ernst anblickt, wirft er es ins Meer.

VIERUNDFÜNFZIGSTES KAPITEL

Fortsetzung vom 26. Januar

Ich habe es wohl verstanden: Der Vater opfert sich für den Sohn, und da er ihm nichts mehr zu geben hat als sein Leben, so gibt er ihm dieses.

Doch alle jene Verhungerten wollen nicht warten, und der Schmerz in ihren Eingeweiden verdoppelt sich, da nun das Schlachtopfer bestimmt ist. Mr. Letourneur ist für sie kein Mensch mehr. Noch haben sie nichts gesagt, aber ihre Lippen zittern, sie blecken die Zähne die nur mit denen gefräßiger Raubtiere zu vergleichen sind. Werden wir uns etwa auf das Opfer stürzen, solange es noch lebt?

Und sollte man glauben, daß ein Appell an die Menschlichkeit, und sei davon auch nur noch ein Restchen vorhanden, unsere Sinne, unser Begehren zügeln könnte? Ja – wirklich ist ein Wort imstande, ihnen in dem Augenblick Halt zu gebieten, da sie sich auf Mr. Letourneur stürzen wollen: der Hochbootsmann und Douglas, die schon unmißverständlich auf das Opfer zugetreten sind – sie bleiben still stehen.

Miß Herbey geht oder schleppt sich vielmehr auf jene zu.

»Meine Freunde«, beginnt sie, »bitte, wartet einen einzigen Tag! Nur einen! Wenn sich bis morgen kein Land zeigt, uns kein Schiff begegnet, so mag unser armer Gefährte . . .«

Bei diesen Worten werde ich wieder zuversichtlicher. Mir scheint, als könne das junge Mädchen in die Zukunft sehen. Oh, wie kehrt die Hoffnung wieder in mein Herz zurück. Das Land, das Schiff: Es ist so, als habe Miß Herbey das eine oder das andere wie in einer Vision gesehen. Was bedeutet ein Tag gegenüber den Qualen, die wir schon erduldet haben?

Ich stimme ihr lebhaft zu, und auch Robert Kurtis ist meiner Meinung; wir vereinigen unsere Bitten mit denen Miß Herbeys. Falsten unterstützt uns, wir flehen unsere Gefährten, den Hochbootsmann, Douglas, die anderen, an . . .

Die Matrosen schweigen. Ist es Zustimmung?

Der Hochbootsmann wirft die Axt, die er schon ergriffen hat, weg und murmelt:

»Also bis morgen früh.«

Dieses Wort sagt alles. Wenn sich morgen weder Land noch ein Schiff zeigen, wird das schreckliche Opfer gebracht werden.

Jeder kehrt an seinen Platz zurück und unterdrückt die Hungerschmerzen mit dem Aufgebot der letzten Kräfte. Die Matrosen verbergen sich unter den Segelstücken und haben kein Interesse mehr daran, Ausschau zu halten. Sie sind gleichgültig geworden – morgen werden die Qualen vorbei sein.

Inzwischen ist André Letourneur wieder zu sich gekommen, er blickt sich suchend nach seinem Vater um. Dann sehe ich, wie er die Leute auf dem Floß zählt ... Es fehlt nicht einer. Auf wen ist nun das Los gefallen? Als André das Bewußtsein verloren hat, sind zwei Namen noch nicht genannt gewesen, der des Zimmermanns und der seines Vaters. Und Mr. Letourneur ebenso wie Douglas sieht er vor sich!

Miß Herbey nähert sich dem jungen Mann und sagt ihm einfach, daß die Auslosung unterbrochen worden sei.

André Letourneur verlangt nicht mehr zu wissen und ergreift die Hand seines Vaters. Das Gesicht der Mr. Letourneur hat einen ruhigen Ausdruck, fast lächelt er. Er sieht nichts, er versteht nichts anderes, als daß sein Sohn gerettet ist. Diese beiden, Vater und Sohn, sitzen im Heck und sprechen leise miteinander.

Doch ich muß noch einmal auf den ersten Eindruck zurückkommen, den das Dazwischentreten des jungen Mädchens in mir hinterlassen hat. Auf einmal glaube ich an eine Hilfe durch die Vorsehung, und ich vermag nicht zu sagen, wie tief sich dieser Gedanke in meinem Gehirn festsetzt. Ich möchte behaupten, daß wir vor dem Ende unseres Elends stehen und daß das Land oder ein Schiff dort, einige Meilen unter dem Wind, sein müssen – so sicher bin ich dieser Hoffnung! Erstaune niemand über diesen Umschlag in mir. Mein Gehirn ist so schwach, daß Chimären in ihm jetzt zur Wirklichkeit werden.

Ich spreche zu Mr. Letourneur von meinen Ahnungen. André ist ebenso vertrauensselig wie ich. Der arme Junge! Wenn er wüßte, daß morgen ...!

Der Vater hört mir ernsthaft zu und bestärkt mich noch in meiner Hoffnung. Er glaubt gern – er sagt es wenigstens –, daß der Himmel die Überlebenden verschonen werde, und er legt zärtlich seinem Sohn den Arm um die Schultern.

Später, als ich mit ihm allein bin, neigt sich Mr. Letourneur zu mir. »Ich empfehle Ihnen mein unglückliches Kind«, flüstert er, »und möge es ihm nie bekanntwerden, daß ...«

Er vermag den Satz nicht zu vollenden, Tränen stehen ihm in den Augen!

Ich – ich bin ganz Hoffnung.

Ohne mich einen Augenblick abzuwenden, betrachte ich den Horizont rings um uns. Noch ist er leer, aber das beunruhigt mich nicht. Noch vor morgen wird das Land oder ein Segel gemeldet werden.

Robert Kurtis beobachtet das Meer ebenso wie ich. Miß Herbey, Falsten, selbst der Hochbootsmann, alle schauen sie unablässig in die Runde: Wann endlich wird die eintönige Horizontlinie von einem Schiff, von Land unterbrochen.

Inzwischen sinkt die Nacht herab, doch ich habe die felsenfeste Überzeugung, daß uns in der Dunkelheit ein Fahrzeug nahe genug kommt, so daß es unsere Signale bei Tagesanbruch sieht.

FÜNFUNDFÜNFZIGSTES KAPITEL

27. Januar

Ich schließe kein Auge und höre das geringste Geräusch, das Plätschern des Wassers, das Murmeln der Wellen. Ich mache die auffällige Beobachtung, daß sich kein Haifisch mehr in der Nähe des Floßes befindet. Ich halte das für ein glückverheißendes Vorzeichen.

Der Mond ist um zwölf Uhr sechsundvierzig Minuten aufgegangen und zeigt sein letztes Viertel, doch vermag ich durch sein unzureichendes Licht nicht mehr das Meer in einem größeren Umkreis zu überblikken. Wie häufig, glaube ich in der Entfernung einiger Kabellängen das so ersehnte Segel wahrzunehmen.

Aber der Morgen kommt, und die Sonne steigt über der von nichts unterbrochenen Wasserwüste auf.

Der schreckliche Augenblick naht, und ich fühle alle meine Hoffnungen des letzten Tages wieder schwinden. Kein Schiff ist zu sehen, kein Land. Ich kehre zur Wirklichkeit zurück, und in mir lebt die Erinnerung auf. Jetzt ist die Stunde da, die schreckliche Stunde! Ich wage das Opfer nicht mehr anzusehen, und wenn seine so wohlwollenden, so resignierten Blicke sich auf mich richten, schlage ich die Augen nieder.

Ein unbesiegbares Entsetzen schnürt mir die Brust zusammen, mir ist schwindlig, als ob ich betrunken wäre.

Es ist sechs Uhr morgens. Ich glaube an keine Hilfe mehr. Mein Herz schlägt mehr als hundertmal in der Minute, und kalter Angstschweiß bricht mir aus allen Poren.

Der Hochbootsmann und Robert Kurtis, die am Mast stehen, suchen unausgesetzt den Horizont ab. Der Hochbootsmann ist schrecklich anzusehen. Man erkennt deutlich, daß er der Stunde nicht vorgreifen, aber auch, daß er sie nicht vorübergehen lassen wird. Was der Kapitän empfindet – ich kann es nicht sagen. Sein Gesicht ist bleich, Leben scheint mir nur noch in den Augen zu sein.

Die Matrosen schleppen sich über die Plattform, ihre Blicke verfolgen das unglückliche Opfer.

Ich vermag mich nicht mehr auf meinem Platz zu halten und rutsche zum Vorderteil des Floßes.

Ausschau haltend, steht der Hochbootsmann da.

»Nun denn!« ruft er plötzlich.

Ich schnelle bei diesen Worten in die Höhe.

Der Hochbootsmann, Douglas, Flaypol, Burke, Sandon begeben sich zum Hinterteil, krampfhaft erfaßt der Zimmermann die Axt!

Miß Herbey kann einen Schrei nicht unterdrücken.

Plötzlich richtet sich André auf.

»Vater?« fragt er mit erstickter Stimme.

»Das Los hat mich getroffen«, antwortet Mr. Letourneur.

André stürzt sich auf seinen Vater und umschlingt ihn mit den Armen. »Nie! Niemals!« brüllt er. »Eher tötet mich! Bringt mich doch um! Ich bin es gewesen, der Hobbarts Leiche ins Meer geworfen hat. Ich bin es, ich bin es, den ihr erwürgen müßt!«

Der Unglückliche!

Seine Worte steigern nur die Wut der andern, Douglas geht auf ihn zu und entreißt ihn den Armen des Mr. Letourneur mit den Worten:

»Nicht soviel Umstände!«

André stürzt nieder, und zwei Matrosen fesseln ihn, so daß ihm jede Bewegung geraubt ist.

Gleichzeitig ergreifen Burke und Flaypol ihr Opfer und zerren es zum Vorderteil des Floßes.

Dieser schreckliche Auftritt vollzieht sich schneller, als ich ihn zu beschreiben vermag. Das Entsetzen hält mich wie angenagelt zurück. Ich möchte mich zwischen Mr. Letourneur und seine Bedränger werfen, ich kann es nicht!

Schnell wie ein Blitz hebt der Zimmermann die Axt.

Robert Kurtis kann es nicht mehr mit ansehen.

Ich ebenfalls nicht! Solange wir leben, darf dieser Mord nicht ausgeführt werden. Der Kapitän stürzt sich auf die Matrosen, die nicht mehr zu wissen scheinen, was sie da vorhaben, ich springe ihm nach. Aber kaum komme ich hinzu, da werde ich von einem der Matrosen mit aller Gewalt zurückgestoßen und falle ins Meer.

Ich schließe den Mund. Ich will an Erstickung sterben, doch die Atemnot überwindet meinen Willen; meine Lippen öffnen sich, und einige Schlucke Wasser dringen in meine Kehle!

O du ewiger Gott! Das Wasser ist süß!

SECHSUNDFÜNFZIGSTES KAPITEL

Fortsetzung vom 27. Jänner

Ich habe getrunken! Ich habe getrunken! Ich bin wie neugeboren. Das Leben zieht in mich wieder ein!

Ich will nicht mehr sterben!

Ich schreie und werde gehört. Kurtis erscheint über dem Schanzkleid und wirft mir ein Tau zu, das meine Hand erfaßt. Ich klettere an Bord und breche auf der Plattform zusammen.

»Süßwasser! Trinkwasser!« sind meine ersten Worte.

»Süßwasser!« ruft Robert Kurtis. »Meine Freunde, das rettende Land ist da!«

Noch ist es Zeit! Noch ist der Mord nicht vollbracht! Robert Kurtis und André, der von Miß Herbey befreit worden ist, haben gegen die Matrosen gekämpft, und gerade als ihnen die Niederlage gedroht hat, sind meine Rufe zu ihnen gedrungen.

Der Kampf schweigt. Ich rufe nochmals: »Süßwasser! Trinkwasser!«, neige mich über den Rand des Floßes und trinke, ja, ich trinke mit langen, gierigen Zügen.

Miß Herbey folgt meinem Beispiel. Robert Kurtis, Falsten, alle übrigen stürzen sich nun auf die neuerschlossene Lebensquelle, jeder kühlt sein brennendes Verlangen.

Die wilden Tiere der letzten Minuten strecken die Arme gen Himmel, und einige Matrosen bekreuzigen sich, da sie ein Wunder vor sich zu haben glauben. Alle knien am Bordrand nieder und trinken mit wahrhaft wollüstigem Entzücken. Der Ausbruch der Freude folgt dem der Wut!

André und sein Vater sind die letzten, die dem allgemeinen Beispiel folgen.

»Doch wo, wo sind wir?« frage ich laut.

»Da!« antwortet Robert Kurtis und weist mit der Hand nach Westen.

Man sieht ihn verwundert an. Ist der Kapitän toll geworden? Denn von Land ist keine Spur wahrzunehmen.

Und doch, das Wasser ist ja süß. Seit wann? – Einerlei; jetzt haben uns die Sinne nicht betrogen, und unser Durst ist gelöscht.

»Jawohl«, fährt der Kapitän fort, »noch sehen wir zwar kein Land, doch wir haben es weniger als zwanzig Meilen unter dem Wind!«

»Welches Land?« fragt der Hochbootsmann.

»Das amerikanische Festland, und zwar den Teil, wo der Amazonas mündet, denn dieser Strom allein wälzt seine Fluten mit solcher Gewalt ins Meer, daß er imstande ist, bis auf zwanzig Meilen dessen Salzwasser zu verdrängen!«

Robert Kurtis hat völlig recht gehabt, denn die Mündung des Amazonas, der soviel Wasser ins Meer führt, ist die einzige Stelle des Atlantischen Ozeans, an der Süßwasser anzutreffen ist. Das Land ist da. Wir fühlen es. Der Wind trägt uns dorthin.

In diesem Augenblick erhebt sich Miß Herbeys Stimme, und wir verbinden unsere Gebete mit dem ihren!

André Letourneur liegt in den Armen seines Vaters, und wir andern alle starren auf den Horizont im Westen.

Eine Stunde später ruft Robert Kurtis laut:

»Land! Land!«

Das Tagebuch, in dem ich meine täglichen Beobachtungen niedergelegt habe, ist abgeschlossen. In wenigen Stunden waren wir gerettet, was ich noch mit kurzen Worten erzählen will.

Das Floß begegnete gegen elf Uhr morgens an der Magouri-Spitze der Insel Marajo mitleidigen Schiffern, die uns aufnahmen und stärkten. Dann wurden wir nach Para gebracht und waren der Gegenstand rührendster Sorgfalt.

Das Floß stieß unter 0° 12′ nördlicher Breite an Land. Es ist also, seit wir das Schiff verließen, mindestens fünfzehn Grad nach Süden getrieben worden. Ich sage mindestens, denn offenbar waren wir schon weiter nach Süden verschlagen, und wenn wir an der Mündung des Amazonas anlangten, dann deshalb, weil der Golfstrom das Floß wieder erfaßt und es dorthin getrieben hat. Ohne diesen glücklichen Umstand wären wir verloren gewesen.

Von achtundzwanzig Menschen, acht Passagieren und zwanzig Seeleuten, die sich in Charleston eingeschifft hatten, waren nur fünf Passagiere und sechs Seeleute übrig.

Das sind die einzigen Überlebenden der »Chancellor«.

Von den brasilianischen Behörden wurde ein offizielles Protokoll aufgenommen.

Unterzeichnet haben es: Miß Herbey, J. R. Kazallon, Letourneur sen.,

André Letourneur, Falsten, der Hochbootsmann, Douglas, Burke, Flaypol, Sandon und als letzter – Robert Kurtis, Kapitän.

Ich füge hinzu, daß uns in Para sofort Gelegenheit geboten wurde, in unser Vaterland zurückzukehren. Ein Schiff brachte uns nach Cayenne, und wir wollen die Französische Transatlantische Linie von Aspinwall benutzen, deren Steamer »Ville-de-Saint-Nazaire« uns nach Europa zurückbringen soll.

Ist es aber jetzt, nach soviel gemeinsam überstandenen Prüfungen, nach soviel Gefahren, denen wir nur wie durch ein Wunder entgangen sind, nicht ganz natürlich, daß die Überlebenden der »Chancellor« eine feste Freundschaft verbindet, die die Jahre überdauert?

Miß Herbey hatte die Absicht, sich von der Welt zurückzuziehen und ihr Leben den Leidenden zu widmen.

»Ist denn mein Sohn nicht auch ein Kranker?« sagte Mr. Letourneur darauf zu ihr.

Und nun hat Miß Herbey in ihm einen Vater und in seinem Sohn einen Bruder gefunden. Ich sage, einen Bruder, doch in kurzer Zeit wird dem mutigen Mädchen in ihrer neuen Familie das Glück winken, das sie verdient und wir ihr alle von ganzem Herzen wünschen.